且停且忘且随风，
且行且看且从容

史铁生 等 著

北京联合出版公司
Beijing United Publishing Co.,Ltd.

图书在版编目（CIP）数据

且停且忘且随风，且行且看且从容 / 史铁生等著 .
北京：北京联合出版公司 , 2025.1.（2025.6 重印）-- ISBN 978-7
-5596-8076-1

Ⅰ . I266

中国国家版本馆 CIP 数据核字第 2024RM2750 号

且停且忘且随风，且行且看且从容

作　　者：史铁生等
出 品 人：赵红仕
责任编辑：管　文
选题创意：北京青梅树下文化传媒有限公司
策划制作：子非鱼
封面设计：末末美书
版式设计：末末美书
封面插画：站酷海洛
内文插画：舟蒲麦
内文排版：麦莫瑞

北京联合出版公司出版
（北京市西城区德外大街 83 号楼 9 层　 100088）
北京联合天畅文化传播公司发行
北京美图印务有限公司印刷　新华书店经销
字数 154 千字　 880 毫米 ×1230 毫米　 1/32　 8.5 印张
2025 年 1 月第 1 版　 2025 年 6 月第 3 次印刷
ISBN 978-7-5596-8076-1
定价：52.00 元

　　对于故乡，我忽然有了新的理解：人的故乡，并不止于一块特定的土地，而是一种辽阔无比的心情，不受空间和时间的限制；这心情一经唤起，就是你已经回到了故乡。

　　我乐时就高兴地笑，笑声一直散到对河对山，说不定哪一个林子、哪一个村落里去！我感觉到一种平坦，竟许是辽阔，和地面恰恰平行着舒展开来，感觉的最边沿的边沿，和大地的边沿，永远赛着向前伸……

　　人的生命会忽然泯灭，而纯挚无私的友情却长远坚固永在，且无疑能持久延续，能发展扩大。

　　我所谓的寂寞，是随缘偶得，无需强求，
一霎间的妙悟也不嫌短，失掉了也不必怅惘。
但凡我有一刻寂寞时，我要好好地享受它。

闲居，在生活上人都说是不幸的，但在情趣上我觉得是最快适的了。

　　我小船已把主要滩水全上完了，这时已到了一个如同一面镜子的潭里，山水秀丽如西湖，日头已出，两岸小山皆浅绿色。

目录

且停且忘且随风，且行且看且从容

一个人无论多大年龄上没有了父母，他都成了孤儿。他走入这个世界的门户，他走出这个世界的屏障，都随之塌陷了。父母在，他的来路是眉目清楚的，他的去路则被遮掩着。父母不在，他的来路就变得模糊了，他的去路反而敞开了。

我的保姆，长妈妈即阿长，辞了这人世，大概也有了三十年了吧。我终于不知道她的姓名，她的经历；仅知道有一个过继的儿子，她大约是青年守寡的孤孀。

斯人若彩虹，遇上方知有

人的生命会忽然泯灭，而纯挚无私的友情却长远坚固永在，且无疑能持久延续，能发展扩大。

与独处相安，与万事言和

寂寞是一种清福。我在小小的书斋里，焚起一炉香，袅袅的一缕烟线笔直地上升，一直戳到顶棚，好像屋里的空气是绝对的静止，我的呼吸都没有搅动出一点儿波澜似的。

白马湖的春日自然最好。山是青得要滴下来，水是满满的，软软的。小马路的西边，一株间一株地种着小桃与杨柳。小桃上各缀着几朵重瓣的红花，像夜空的疏星。杨柳在暖风里不住地摇曳。

辑五

山不来见我，我自去见山

岁月欢喜一步步，成就人间朝与暮

他平平静静，没有大喜大忧，没有烦恼，无欲望亦无追求，天然恬淡，每天只是吃抻条面、拨鱼儿，抱膝闲看，带着笑意，用孩子一样天真的眼睛。

且停且忘且随风，且行且看且从容

　　一个人无论多大年龄上没有了父母，他都成了孤儿。他走入这个世界的门户，他走出这个世界的屏障，都随之塌陷了。父母在，他的来路是眉目清楚的，他的去路则被遮掩着。父母不在，他的来路就变得模糊了，他的去路反而敞开了。

消逝的钟声 ①

· 史铁生

站在台阶上张望那条小街的时候,我大约两岁多。

我记事早。我记事早的一个标记,是斯大林的死。有一天父亲把一个黑色镜框挂在墙上,奶奶抱着我走近看,说:斯大林死了。镜框中是一个陌生的老头儿,突出的特点是胡子都集中在上唇。在奶奶的涿州口音中,"斯"读三声。我心想,既如此还有什么好说,这个"大林"当然是死的呀!我不断重复奶奶的话,把"斯"读成三声,觉得有趣,觉得别人竟然都没有发现这一点可真是奇怪。多年以后我才知道,那是一九五三年,那年我两岁。

---

① 选自《去来集》,史铁生著,北京:人民文学出版社,2019年6月。

终于有一天奶奶领我走下台阶，走向小街的东端。我一直猜想那儿就是地的尽头，世界将在那儿陷落、消失——因为太阳从那儿爬上来的时候，它的背后好像什么也没有。谁料，那儿更像是一个喧闹的世界的开端。那儿交叉着另一条小街，那街上有酒馆，有杂货铺，有油坊、粮店和小吃摊；因为有小吃摊，那儿成为我多年之中最向往的去处。那儿还有从城外走来的骆驼队。"什么呀，奶奶？""啊，骆驼。""干吗呢，它们？""驮煤。""驮到哪儿去呀？""驮进城里。"驼铃一路丁零当啷丁零当啷地响，骆驼的大脚蹚起尘土，昂首挺胸目空一切，七八头骆驼不紧不慢招摇过市，行人和车马都给它让路。我望着骆驼来的方向问："那儿是哪儿？"奶奶说："再往北就出城啦。""出城了是哪儿呀？""是城外。""城外什么样儿？""行了，别问啦！"我很想去看看城外，可奶奶领我朝另一个方向走。我说"不，我想去城外"。我说"奶奶我想去城外看看"，我不走了，蹲在地上不起来。奶奶拉起我往前走，我就哭。"带你去个更好玩儿的地方不好吗？那儿有好些小朋友……"我不听，一路哭。

越走越有些荒疏了，房屋零乱，住户也渐渐稀少。沿一道灰色的砖墙走了好一会儿，进了一个大门。啊，大门里豁然开朗完全是另一番景象：大片大片寂静的树林，碎石小路蜿蜒其间。满地的败叶在风中滚动，踩上去吱吱作响。麻雀和灰喜鹊在林中草地上蹦蹦跳跳，坦然觅食。我止住哭声。我平生第一次看见了教堂，细密如烟的树枝后面，夕阳正染红了它的尖顶。

我跟着奶奶进了一座拱门，穿过长廊，走进一间宽大的房子。那儿有很多孩子，他们坐在高大的桌子后面只能露出脸。他们在唱歌。一个穿长袍的大胡子老头儿弹响风琴，琴声飘荡，满屋子里的阳光好像也随之飞扬起来。奶奶拉着我退出去，退到门口。唱歌的孩子里面有我的堂兄，他看见了我们但不走过来，唯努力地唱歌。那样的琴声和歌声我从未听过，宁静又欢欣，一排排古旧的桌椅、沉暗的墙壁、高阔的屋顶也似都活泼起来，与窗外的晴空和树林连成一气。那一刻的感受我终生难忘，仿佛有一股温柔又强劲的风吹透了我的身体，一下子钻进我的心中。后来奶奶常对别人说："琴声一响，这孩子就傻了似的不哭也不闹了。"我多么羡慕我的堂兄，羡慕所有那些孩子，羡慕那一刻的光线与声音，有形与无形。我呆呆地站着，徒然地睁大眼睛。其实不能听也不能看了。有个懵懂的东西第一次被惊动了——那也许就是灵魂吧。后来的事都记不大清了，好像那个大胡子的老头儿走过来摸了摸我的头，然后光线就暗下去，屋子里的孩子都没有了，再后来我和奶奶又走在那片树林里了，还有我的堂兄。堂兄把一个纸袋撕开，掏出一个彩蛋和几颗糖果，说是幼儿园给的圣诞礼物。

这时候，晚祈的钟声敲响了——唔，就是这声音，就是它①！这就是我曾听到过的那种缥缥缈缈响在天空里的声音啊！

"它在哪儿呀，奶奶？"

"什么？你说什么？"

"这声音啊，奶奶，这声音我听见过。"

"钟声吗？啊，就在那钟楼的尖顶下面。"

这时我才知道，我一来到世上就听到的那种声音就是这教堂的钟声，就是从那尖顶下发出的。暮色浓重了，钟楼的尖顶上已经没有了阳光。风过树林，带走了麻雀和灰喜鹊的欢叫。钟声沉稳、悠扬、飘飘荡荡，连接起晚霞与初月，扩展到天的深处，或地的尽头……

不知奶奶那天为什么要带我到那儿去，以及后来为什么再也没去过。

不知何时，天空中的钟声已经停止，并且在这块土地上长久地消逝了。

———————————

① 为适应今天读者的阅读习惯，本书中的"他""它""的""得""地""么""甚么""做""作""罢""惟""功夫""工夫""决不""决非""凭藉""已往""呵"均采用现代用法，后文不再说明。

　　多年以后我才知道，那教堂和幼儿园在我们去过之后不久便都拆除。我想，奶奶当年带我到那儿去，必是想在那幼儿园也给我报个名，但未如愿。

　　再次听见那样的钟声是在四十年以后了。那年，我和妻子坐了八九个小时飞机，到了地球另一面，到了一座美丽的城市，一走进那座城市我就听见了它。在清洁的空气里，在透彻的阳光中和涌动的海浪上面，在安静的小街，在那座城市的所有地方，随时都听见它在自由地飘荡。我和妻子在那钟声中慢慢地走，认真地听它，我好像一下子回到了童年，整个世界都好像回到了童年。对于故乡，我忽然有了新的理解：人的故乡，并不止于一块特定的土地，而是一种辽阔无比的心情，不受空间和时间的限制；这心情一经唤起，就是你已经回到了故乡。

父亲的死[①]

·周国平

一个人无论多大年龄上没有了父母，他都成了孤儿。他走入这个世界的门户，他走出这个世界的屏障，都随之塌陷了。父母在，他的来路是眉目清楚的，他的去路则被遮掩着。父母不在，他的来路就变得模糊了，他的去路反而敞开了。

我的这个感觉，是在父亲死后忽然产生的。我说忽然，因为父亲活着时，我丝毫没有意识到父亲的存在对于我有什么重要。从少年时代起，我和父亲的关系就有点疏远。那时候家里子女多，负担重，父亲心情不好，常发脾气。每逢这种情形，我就当他面抄起一本书，头也不回地跨出家门，久久躲在

---

① 选自《文汇生活散文精品》，《文汇报》生活副刊编，天津：百花文艺出版社，1994年10月。

外面看书，表示对他的抗议。后来我到北京上学，第一封家信洋洋洒洒数千言，对父亲的教育方法进行了全面批判。听说父亲看了后，只是笑一笑，对弟妹们说："你们的哥哥是个理论家。"

年纪渐大，子女们也都成了人，父亲的脾气是愈来愈温和了。然而，每次去上海，我总是忙于会朋友，很少在家。就是在家，和父亲好像也没有话可说，仍然有一种疏远感。有一年他来北京，一个天气晴朗的日子，他突然提议和我一起去游香山。我有点惶恐，怕一路上两人相对无言，彼此尴尬，就特意把一个小侄子也带了去。

我实在是个不孝之子，最近十余年里，只给家里写过一封信。那是在妻子怀孕以后，我知道父母一直盼我有个孩子，便把这件事当作好消息报告了他们。我在信中说，我和妻子都希望生个女儿。

父亲立刻给我回了信，说无论生男生女，他都喜欢。他的信确实洋溢着欢喜之情，我心里明白，他也是在为好不容易收到我的信而高兴。谁能想到，仅仅几天之后，就接到了父亲的死讯。

父亲死得很突然。他身体一向很好，谁都断言他能长寿。那天早晨，他像往常一样提着菜篮子，到菜场取牛奶和买菜。接着，步行去单位处理一件公务。然后，因为半夜里曾感到胸闷难受，就让大弟陪他到医院看病。一检查，广泛性心肌梗塞，立即抢救，同时下了病危通知。中午，他对守在病床旁的大弟说，不要大惊小怪，没事的。他真的不相信他会死。可是，一小时后，他就停止了呼吸。

父亲终于没能看到我的孩子出生。如我所希望的，我得到了一个可爱的女儿。谁又能想到，我的女儿患有绝症，活到一岁半也死了。想到我那封报喜的信和父亲喜悦的回应，我总感到对不起他。好在父亲永远不会知道这幕悲剧了，这于他又未尝不是件幸事。但我自己做了一回父亲，体会了做父亲的心情，才内疚地意识到父亲其实一直有和我亲近一些的愿望，却被我那么矜持地回避了。

短短两年里，我被厄运纠缠着，接连失去了父亲和女儿。父亲活着时，尽管我也时常沉思死亡问题，但总好像和死还隔着一道屏障。父母健在的人，至少在心理上会有一种离死尚远的感觉。后来我自己做了父亲，却未能为女儿做好这样一道屏障。父亲的死使我觉得我住的屋子塌了一半，女儿的死又使我觉得我自己成了一间徒有门墙的空屋子。我一向声称一个人无须历尽苦难就可以体悟人生的悲凉，现在我知道，苦难者的体悟毕竟是有着完全不同的分量的。

我的母亲 [1]

· 汪曾祺

　　我父亲结过三次婚。

　　我的生母姓杨。我不知道她的学名。杨家不论男女都是排行的。我母亲那一辈"遵"字排行，我母亲应该叫杨遵什么。前年我写信问我的姐姐，我们的母亲叫什么。姐姐回信说：叫"强四"。我觉得很奇怪，怎么叫这么个名呢？是小名吗？也不大像。我知道我母亲不是行四。一个人怎么会连自己母亲的名字都不知道呢？因为我母亲活着的时候我太小了。

　　我三岁的时候，母亲就故去了。我对她一点印象都没有。她得的是肺病，病后即移住在一个叫"小房"的房间里，她也

---

[1]　选自《汪曾祺全集6·散文卷》，汪曾祺著，徐强主编，北京：人民文学出版社，2021年1月。

不让人把我抱去看她。我只记得我父亲用一个煤油箱自制了一个炉子。煤油箱横放着，有两个火口，可以同时为母亲熬粥，熬参汤、燕窝，另外还记得我父亲雇了一只船陪她到淮城去就医，我是随船去的。我记得小船中途停泊时，父亲在船头钓鱼，还记得船舱里挂了好多大头菜。我一直记得大头菜的气味。

我只能从母亲的画像看看她。据我的大姑妈说，这张像画得很像。画像上的母亲很瘦，眉尖微蹙。样子和我的姐姐很相似。

我母亲是读过书的。她病倒之前每天还写一张大字。我曾在我父亲的画室里找出一摞母亲写的大字，字写得很清秀。

前年我回家乡，见着一个老邻居，她记得我母亲，看见过我母亲在花园里看花。——这家邻居和我们家的花园只隔一堵短墙。我母亲叫她"小新娘子"。"小新娘子，过来过来，给你一朵花戴。"我于是好像看见母亲在花园里看花，并且觉得她对邻居很和善。这位"小新娘子"已经是八十多岁的老太太了！

我还记得我母亲爱吃京冬菜。这东西我们家乡是没有的，是托做京官的亲戚带回来的，装在陶制的罐子里。

我母亲死后，她养病的那间"小房"锁了起来，里面堆放着她生前用的东西，全部嫁妆——"摆橱"、皮箱和铜火盆、朱漆的火盆架子……我的继母有时开锁进去，取一两样东西，我跟着进去看过。"小房"外面有一个小天井。靠南有一个秋叶形的小花台。花台上开了一些秋海棠。这些海棠自开自落，没人管它。花很伶仃，但是颜色很红。

我的第一个继母娘家姓张。他们家原来在张家庄住，是个乡下财主。后来在城里盖了房子，才搬进城来。房子是全新的，新砖，新瓦，油漆的颜色也都很新。没有什么花木，却有一片很大的桑园。我小时就觉得奇怪，又不养蚕，种那么多桑树做什么？桑树都长得很好，干粗叶大，是湖桑。

我的继母幼年丧母，她是跟姑妈长大的，姑妈家姓吴。继母的姑妈年轻守寡。她住的房子二梁上挂着一块匾，朱地金字："松贞柏节"，下款是"大总统题"。这大总统不知是谁，是袁世凯？还是黎元洪？吴家家境不富裕，住的房子是张家的三间偏房。老姑奶奶有两个儿子，一个叫大和子，一个叫小和子。两个儿子都没上学校，念了几年私塾，专学珠算。同年龄的少年学"鸡兔同笼"，他们却每天打"归除""斤求两，两求斤"。他们是准备到钱庄去学生意的。

我的继母归宁，也到她的继母屋里坐坐，但大部分时间都在这三间偏房里和姑妈在一起。我父亲到老丈人那边应酬应酬，说些淡话，也都在"这边"陪姑妈闲聊。直到"那边"来请坐席了，才过去。

继母身体不好。她婚前咳嗽得很厉害，和我父亲拜堂时是服用了一种进口的杏仁露压住的。

她是长女，但是我的外公显然并不钟爱她。她的陪嫁妆奁是不丰的。她有时准备出门做客，才戴一点首饰。比较好的首饰是副翡翠耳环。有一次，她要带我们到外公家拜年，她打扮了一下，换了一件灰鼠的皮袄。我觉得她一定会冷。这样的天气，穿一件灰鼠皮袄怎么行呢？然而她只有一件皮袄。我忽然对我的继母产生一种说不出来的感情。我可怜她，也爱她。

后娘不好当。我的继母进门就遇到一个局面，"前房"（我的生母）留下三个孩子：我姐姐，我，还有一个妹妹。这对于"后娘"当然会是沉重的负担。上有婆婆，中有大姑子、小姑子，还有一些亲戚邻居，她们都拿眼睛看着，拿耳朵听着。

也许我和娘（我们都叫继母为娘）有缘，娘很喜欢我。

她每次回娘家，都是吃了晚饭才回来。张家总是叫了两辆黄包车，姐姐和妹妹坐一辆，娘搂着我坐一辆。张家有个规矩（这规矩是很多人家都有的），姑娘回自己婆家，要给孩子手里拿两根点着了的安息香。我于是拿着两根安息香，偎在娘怀里。黄包车慢慢地走着。两旁人家、店铺的影子向后移动着，我有点迷糊。闻着安息香的香味，我觉得很幸福。

小学一年级时，冬天，有一天放学回家，我大便急了，憋不住，拉在裤子里了（我记得我拉的屎是热腾腾的）。我兜着一裤兜屎，一扭一扭地回了家。我的继母一闻，二话没说，赶紧烧水，给我洗了屁股。她把我擦干净了，让我围着棉被坐着。接着就给我洗衬裤刷棉裤。她不但没有说我一句，连眉头都没有皱一下。

我妹妹长了头虱，娘煎了草药给她洗头，用篦子给她篦头发。张氏娘认识字，念过《女儿经》。《女儿经》有几个版本，她念过的那本，她从娘家带了过来，我看过。里面有这样的句子："张家长，李家短，别人的事情我不管。"她就是按照这一类道德规范做人的。她有时念经：《金刚经》《心经》《高王经》。她是为她的姑妈念的。

她做的饭菜有些是乡下做法，比如番瓜（南瓜）熬面疙瘩、煮百合先用油炒一下。我觉得这样的吃法很怪。

她死于肺病。

我的第二个继母姓任。任家是邵伯大地主，庄园有几座大门，庄园外有壕沟吊桥。

我父亲是到邵伯结的婚。那年我已经十七岁，读高二了。父亲写信给我和姐姐，叫我们去参加他的婚礼。任家派一个长工推了一辆独轮车到邵伯码头来接我们。我和姐姐一人坐一边。我第一次坐这种独轮车觉得很有趣。

我已经很大了，任氏娘对我们很客气，称呼我是"大少爷"。我十九岁离开家乡到昆明读大学。一九八六年回乡，这时娘才改口叫我"曾祺"。——我这时已经六十六岁，也不是什么"少爷"了。

我对任氏娘很尊敬，因为她伴随我的父亲度过了漫长的很艰苦的沧桑岁月。

她今年①八十六岁。

---

① 指1992年。本文写于1992年7月11日。

"疲马恋旧秣，羁禽思故栖"（节选）[①]

· 梁实秋

"疲马恋旧秣，羁禽思故栖"是孟郊的句子，人与疲马羁禽无异，高飞远走，疲于津梁，不免怀念自己的旧家园。

我的老家在北平，是距今一百几十年前由我祖父所置的一所房子。坐落在东城相当热闹的地区，出胡同东口往北是东四牌楼，出胡同西口是南小街子。东四牌楼是四条大街的交叉口，所以商店林立，市容要比西城的西四牌楼繁盛得多。牌楼根儿底下靠右边有一家干果子铺，是我家投资开设的，领东的掌柜的姓任，山西人，父亲常在晚间带着我们几个孩子溜达着到那里小憩。掌柜的经常饷我们以汽水，用玻璃球做塞子的那种小瓶汽水，仰着脖子对着瓶口汩汩而饮之，还有从蜜饯缸

---

① 选自《雅舍忆旧》，梁实秋著，武汉：武汉出版社，2013年8月。

里抓出来的蜜饯桃脯的一条条的皮子，当时我认为那是一大享受。南小街子可是又脏又臭又泥泞的一条路，我小时候每天必须走一段南小街去上学，时常在羊肉床子看宰羊，在切面铺买"干蹦儿"或糖火烧吃。胡同东口外斜对面就是灯市口，是较宽敞的一条街，在那里有当时唯一可以买到英文教科书《汉英初阶》及墨水钢笔的汉英图书馆，以后又添了一家郭纪云，路南还有一家小有名气的专卖卤虾、小菜、臭豆腐的店。往南走约十五分钟进金鱼胡同便是东安市场了。

...........①

内院上房三间，左右各有套间两间。祖父在的时候，他坐在炕上，隔着玻璃窗子外望，我们在院里跑都不敢跑。有一次我们几个孩子听见胡同里有"打糖锣儿的"的声音，一时忘形，蜂拥而出，祖父大吼："跑什么？留神门牙！"打糖锣儿的乃是卖糖果的小贩，除了糖果之外兼卖廉价玩具。泥捏的小人、蜡烛台、小风筝、摔炮，花样很多，我母亲一律称之为"土筐货"。我们买了一些东西回来，祖父还坐在那里，唤我们进去。上房是我们非经呼唤不能进去的，而且是一经呼唤便非进去不可的。我们战战兢兢地鱼贯而入，他指着我问："你手里拿着什么？"我说："糖。""什么糖？"我递出了手指

---

① 此处有删节。

粗细的两根，一支黑的，一支白的。我解释说："这黑的，我们取名为狗屎橛；这白的为猫屎橛。"实则那黑的是杏干做的，白的是柿霜糖，祖父笑着接过去，一支咬一口尝尝，连说："不错，不错。"他要我们下次买的时候也给他买两支。我们奉了圣旨，下次听到糖锣儿一响，一拥而出，站在院子里大叫："爷爷，您吃猫屎橛，还是吃狗屎橛？"爷爷会立即搭腔："我吃猫屎橛！"这是我所记得的与祖父建立密切关系的开始。

父母带着我们孩子住西厢房，我同胞一共十一个，我记事的时候已经有四个，姊妹兄弟四个孩子睡一个大炕，好热闹，尤其是到了冬天，白天玩不够，夜晚钻进被窝齐头睡在炕上还是吱吱喳喳笑语不休。母亲走过来巡视，把每个孩子脖颈子后面的棉被塞紧，使不透风，我感觉异常的舒适温暖，便怡然入睡了。我活到如今，夜晚睡时脖颈子后面透凉气，便想到母亲当年那一份爱抚的可贵。母亲打发我们睡后还有她的工作，她需要去伺候公婆的茶水点心，直到午夜；她要黎明即起，张罗我们梳洗，她很少睡觉的时间，可是等到"多年的媳妇熬成婆"，这情形又周而复始，于是女性惨矣！

大家庭的膳食是有严格规律的，祖父母吃小锅饭，父母和孩子吃普通饭，男女仆人吃大锅饭，只有吃煮饽饽、热汤面是例外。我们北方人，饭桌上没有鱼虾，烩虾仁、熘鱼片是馆子里的菜，只有春夏之交黄鱼、大头鱼相继进入旺季，全家才能大快朵颐，每人可以分到一整尾。秋风起，要吃一两回铛爆羊肉，牛肉是永远不进家门的。院子里升起一大红泥火炉的熊熊炭火，有时也用柴，噼噼啪啪地响，铛上肉香四溢，颇为别致。秋高蟹肥，当然也少不了几回持蟹把酒。平时吃的饭是标准的家常饭，到了特别的吉庆之日，看祖父母的高兴，说不定就有整只烤猪或是烧鸭之类的犒劳。祖父母的小锅饭也没有什么了不起，也不过是爆羊肉、烧茄子、焖扁豆之类，不过是细切细做而已。我记得祖父母进膳时，有时看到我们在院里拍皮球，便喊我们进去，教我们张开嘴巴，用筷子夹起半肥半瘦的羊肉片往嘴里塞，我们实在不欣赏肥肉，闭着嘴跑到外面就吐出来。祖父有时候吃得高兴，便叫"跑上房的"小厮把厨子唤来，隔着窗子对他说："你今天的爆羊肉做得好，赏钱两吊！"厨子在院中慌忙屈腿请安，连声谢谢，我觉得很好笑。我祖母天天要吃燕窝，夜晚由老张妈戴上老花眼镜坐在门旮旯儿弓着腰驼着背摘燕窝上的细茸毛，好可怜，一清早放在一个薄铫儿里在小炉子上煨。官燕木盒子是我们的，黑漆金饰，很好玩。

我母亲从来不下厨房，可是经我父亲特烦，并且亲自买回鱼鲜笋蕈之类，母亲亲操刀砧，做出来的菜硬是不同。我十四岁进了清华学校，每星期只准回家一次，除去途中往返，在家只有一顿午饭从容的时间。母亲怜爱我，总是亲自给我特备一道菜，她知道我爱吃什么，时常是一大盘肉丝韭黄加冬笋木耳丝，临起锅加一大勺花雕酒——菜的香，母的爱，现在回忆起来不禁涎欲滴而泪欲垂！

背影 ①

· 朱自清

　　我与父亲不相见已二年余了，我最不能忘记的是他的背影。那年冬天，祖母死了，父亲的差使也交卸了，正是祸不单行的日子。我从北京到徐州，打算跟着父亲奔丧回家。到徐州见着父亲，看见满院狼藉的东西，又想起祖母，不禁簌簌地流下眼泪。父亲说："事已如此，不必难过，好在天无绝人之路！"

　　回家变卖典质，父亲还了亏空；又借钱办了丧事。这些日子，家中光景很是惨淡，一半为了丧事，一半为了父亲赋闲。丧事完毕，父亲要到南京谋事，我也要回北京念书，我们便

----

① 选自《朱自清散文》，朱自清著，北京：人民文学出版社，2014年1月。

同行。

　　到南京时，有朋友约去游逛，勾留了一日；第二日上午便须渡江到浦口，下午上车北去。父亲因为事忙，本已说定不送我，叫旅馆里一个熟识的茶房陪我同去。他再三嘱咐茶房，甚是仔细。但他终于不放心，怕茶房不妥帖；颇踌躇了一会儿。其实我那年已二十岁，北京已来往过两三次，是没有什么要紧的了。他踌躇了一会儿，终于决定还是自己送我去。我两三回劝他不必去；他只说："不要紧，他们去不好！"

　　我们过了江，进了车站。我买票，他忙着照看行李。行李太多，得向脚夫行些小费，才可过去。他便又忙着和他们讲价钱。我那时真是聪明过分，总觉他说话不大漂亮，非自己插嘴不可。但他终于讲定了价钱，就送我上车。他给我拣定了靠车门的一张椅子；我将他给我做的紫毛大衣铺好座位。他嘱我路上小心，夜里警醒些，不要受凉。又嘱托茶房好好照应我。我心里暗笑他的迂，他们只认得钱，托他们只是白托！而且我这样大年纪的人，难道还不能料理自己吗？唉，我现在想想，那时真是太聪明了！

　　我说道："爸爸，你走吧。"他往车外看了看，说："我买几个橘子去。你就在此地，不要走动。"我看那边月台的栅栏外有几个卖东西的等着顾客。走到那边月台，须穿过铁道，须跳下去又爬上去。父亲是一个胖子，走过去自然要费事些。我本来要去的，他不肯，只好让他去。我看见他戴着黑布小帽，穿着黑布大马褂，深青布棉袍，蹒跚地走到铁道边，慢慢探身下去，尚不大难。可是他穿过铁道，要爬上那边月台，就不容易了。他用两手攀着上面，两脚再向上缩；他肥胖的身子向左微倾，显出努力的样子。这时我看见他的背影，我的泪很快地流下来了。我赶紧拭干了泪。怕他看见，也怕别人看见。我再向外看时，他已抱了朱红的橘子往回走了。过铁道时，他先将橘子散放在地上，自己慢慢爬下，再抱起橘子走。到这边时，我赶紧去搀他。他和我走到车上，将橘子一股脑儿放在我的皮大衣上。于是扑扑衣上的泥土，心里很轻松似的，过一会儿说："我走了，到那边来信！"我望着他走出去。他走了几步，回过头看见我，说："进去吧，里边没人。"等他的背影混入来来往往的人里，再找不着了，我便进来坐下，我的眼泪又来了。

近几年来，父亲和我都是东奔西走，家中光景是一日不如一日。他少年出外谋生，独力支持，做了许多大事。哪知老境却如此颓唐！他触目伤怀，自然情不能自已。情郁于中，自然要发之于外；家庭琐屑便往往触他之怒。他待我渐渐不同往日。但最近两年不见，他终于忘却我的不好，只是惦记着我，惦记着我的儿子。我北来后，他写了一信给我，信中说道：

"我身体平安，唯膀子疼痛厉害，举箸提笔，诸多不便，大约大去之期不远矣。"我读到此处，在晶莹的泪光中，又看见那肥胖的、青布棉袍、黑布马褂的背影。唉！我不知何时再能与他相见！

我的母亲 ①

· 胡适

　　我小时身体弱，不能跟着野蛮的孩子们一块儿玩。我母亲
也不准我和他们乱跑乱跳。小时不曾养成活泼游戏的习惯，无
论在什么地方，我总是文绉绉的。所以家乡老辈都说我"像个
先生样子"，遂叫我作"穈先生②"。这个绰号叫出去之后，
人都知道三先生的小儿子叫作穈先生了。既有"先生"之名，
我不能不装出点"先生"样子，更不能跟着顽童们"野"了。
有一天，我在我家八字门口和一班孩子"掷铜钱"，一位老辈

---

① 选自《中国现代散文欣赏辞典》，王纪人主编，上海：汉语大词典
出版社，1990年1月。

② 胡适小名"嗣穈"，故名。"穈"出自《诗经·大雅·生民》篇：
"诞降嘉种，维秬维秠，维穈维芑。"

走过，见了我，笑道："糜先生也掷铜钱吗？"我听了羞愧得面红耳热，觉得太失了"先生"的身份！

大人们鼓励我装先生样子，我也没有嬉戏的能力和习惯，又因为我确是喜欢看书，故我一生可算是不曾享过儿童游戏的生活。每年秋天，我的庶祖母①同我到田里去"监割"（顶好的田，水旱无忧，收成最好，佃户每约田主来监割，打下谷子，两家平分），我总是坐在小树下看小说。十一二岁时，我稍活泼一点，居然和一群同学组织了一个戏剧班，做了一些木刀竹枪，借得了几副假胡须，就在村口田里做戏。我做的往往是诸葛亮、刘备一类的文角儿；只有一次我做史文恭，被花荣一箭从椅子上射倒下去，这算是我最活泼的玩意儿了。

我在这九年（一八九五——一九〇四）之中，只学得了读书写字两件事。在文字和思想的方面，不能不算是打了一点底子。但别的方面都没有发展的机会。有一次我们村里"当朋"（八都凡五村，称为"五朋"，每年一村轮着做太子会，名为"当朋"），筹备太子会，有人提议要派我加入前村的昆腔队里学习吹笙或吹笛。族里长辈反对，说我年纪太小，不能跟着太子会走遍五朋。于是我便失掉了这学习音乐的唯一机会。三十年来，我不曾拿过乐器，也全不懂音乐；究竟我有没有一

---

① 即祖父之妾，非嫡亲祖母。

点学音乐的天资，我至今还不知道。至于学图画，更是不可能的事。我常常用竹纸蒙在小说书的石印绘像上，摹画书上的英雄、美人。有一天，被先生看见了，挨了一顿大骂，抽屉里的图画都被搜出撕毁了。于是我又失掉了学做画家的机会。

但这九年的生活，除了读书看书之外，究竟给了我一点做人的训练。在这一点上，我的恩师就是我的慈母。

每天天刚亮时，我母亲便把我喊醒，叫我披衣坐起。我从不知道她醒来坐了多久了。她看见我清醒了，便对我说昨天我做错了什么事，说错了什么话，要我认错，要我用功读书。有时候她对我说父亲的种种好处，她说："你总要踏上你老子的脚步。我一生只晓得这一个完全的人，你要学他，不要跌他的股。"（跌股便是丢脸、出丑。）她说到伤心处，往往掉下泪来。到天大明时，她才把我的衣服穿好，催我去上早学。学堂门上的锁匙放在先生家里；我先到学堂门口一望，便跑到先生家里去敲门。先生家里有人把锁从门缝里递出来，我拿了跑回去，开了门，坐下念生书。十天之中，总有八九天我是第一个去开学堂门的。等到先生来了，我背了生书，才回家吃早饭。

我母亲管束我最严，她是慈母兼任严父。但她从来不在别人面前骂我一句，打我一下。我做错了事，她只对我一望，我看见了她的严厉眼光，便吓住了。犯的事小，她等到第二天早晨我眠醒时才教训我。犯的事大，她等到晚上人静时，关了房门，先责备我，然后行罚，或罚跪，或拧我的肉。无论怎样重罚，总不许我哭出声音来。她教训儿子不是借此出气叫别人听的。

有一个初秋的傍晚，我吃了晚饭，在门口玩，身上只穿着一件单背心。这时候我母亲的妹子玉英姨母在我家住，她怕我冷了，拿了一件小衫出来叫我穿上。我不肯穿，她说："穿上吧，凉了。"我随口回答："娘（凉）什么！老子都不老子呀。"我刚说了这一句，一抬头，看见母亲从家里走出，我赶快把小衫穿上。但她已听见这句轻薄的话了。晚上人静后，她罚我跪下，重重地责罚了一顿。她说："你没了老子，是多么得意的事！好用来说嘴！"她气得坐着发抖，也不许我上床去睡。我跪着哭，用手擦眼泪，不知擦进了什么微菌，后来足足害了一年多的眼翳病。医来医去，总医不好。我母亲心里又悔又急，听说眼翳可以用舌头舔去，有一夜她把我叫醒，她真用舌头舔我的病眼。这是我的严师，我的慈母。

我母亲二十三岁做了寡妇，又是当家的后母。这种生活的痛苦，我的笨笔写不出一万分之一二。家中财政本不宽裕，全靠二哥在上海经营调度。大哥从小便是败子，吸鸦片烟，赌博，钱到手就光，光了便回家打主意，见了香炉便拿出去卖，捞着锡茶壶便拿出去押。我母亲几次邀了本家长辈来，给他定下每月用费的数目。但他总不够用，到处都欠下烟债赌债。每年除夕我家中总有一大群讨债的，每人一盏灯笼，坐在大厅上不肯去。大哥早已避出去了。大厅的两排椅子上满满的都是灯笼和债主。我母亲走进走出，料理年夜饭，谢灶神，压岁钱等事，只当作不曾看见这一群人。到了近半夜，快要"封门"了，我母亲才走后门出去，央一位邻舍本家到我家来，每一家债户开发一点钱。做好做歹的，这一群讨债的才一个一个提着灯笼走出去。一会儿，大哥敲门回来了。我母亲从不骂他一句。并且因为是新年，她脸上从不露出一点怒色。这样的过年，我过了六七次。

大嫂是个最无能而又最不懂事的人，二嫂是个很能干而气量很窄小的人。她们常常闹意见，只因为我母亲的和气榜样，她们还不曾有公然相骂相打的事。她们闹事时，只是不说话，不答话，把脸放下来，叫人难看；二嫂生气时，脸色变青，更是怕人。她们对我母亲闹气时，也是如此。我起初全不懂得这一套，后来也渐渐懂得看人的脸色了。我渐渐明白，世间最可厌恶的事莫如一张生气的脸；世间最下流的事莫如把生气的脸摆给旁人看。这比打骂还难受。

我母亲的气量大，性子好，又因为做了后母后婆，她更事事留心，事事格外容忍。大哥的女儿比我只小一岁，她的饮食衣服总是和我的一样。我和她有小争执，总是我吃亏，母亲总是责备我，要我事事让她。后来大嫂二嫂都生了儿子了，她们生气时便打骂孩子来出气，一面打，一面用尖刻有刺的话骂给别人听。我母亲只装作不听见。有时候，她实在忍不住了，便悄悄走出门去，或到左邻立大嫂家去坐一会儿，或走后门到后邻度嫂家去闲谈。她从不和两个嫂子吵一句嘴。

每个嫂子一生气，往往十天半个月不歇，天天走进走出，板着脸，咬着嘴，打骂小孩子出气。我母亲只忍耐着，忍到实在不可再忍的一天，她也有她的法子。这一天的天明时，她便不起床，轻轻地哭一场。她不骂一个人，只哭她的丈夫，哭她自己苦命，留不住她丈夫来照管她。她先哭时，声音很低，渐渐哭出声来。我醒了起来劝她，她不肯住。这时候，我总听得见前堂（二嫂住前堂东房）或后堂（大嫂住后堂西房）有一扇房门开了，一个嫂子走出房向厨房走去。不多一会儿，那位嫂子来敲我们的房门了。我开了房门，她走进来，捧着一碗热茶，送到我母亲床前，劝她止哭，请她喝口热茶。我母亲慢慢停住哭声，伸手接了茶碗。那位嫂子站着劝一会儿，才退出去。没有一句话提到什么人，也没有一个字提到这十天半个月来的气脸，然而各人心里明白，泡茶进来的嫂子总是那十天半个月来闹气的人。奇怪得很，这一哭之后，至少有一两个月的太平清静日子。

我母亲待人最仁慈，最温和，从来没有一句伤人感情的话。但她有时候也很有刚气，不受一点人格上的侮辱。我家五叔是个无正业的浪人，有一天在烟馆里发牢骚，说我母亲家中有事总请某人帮忙，大概总有什么好处给他。这句话传到了我母亲耳朵里，她气得大哭，请了几位本家来，把五叔喊来，她当面质问他，她给了某人什么好处。直到五叔当众认错赔罪，她才罢休。

我在我母亲的教训之下住了九年，受了她的极大极深的影响。我十四岁（其实只有十二岁零两三个月）便离开她了，在这广漠的人海里独自混了二十多年，没有一个人管束过我。如果我学得了一丝一毫的好脾气，如果我学得了一点点待人接物的和气，如果我能宽恕人，体谅人——我都得感谢我的慈母。

回声 [1]

·李广田

不怕老祖父的竹戒尺，也还是最喜欢跟着母亲到外祖家去，这原因是为了去听琴。

外祖父是一个花白胡须的老头子，在他的书房里也有一张横琴，然而我并不喜欢这个。外祖父常像瞌睡似的俯在他那横琴上，慢慢地拨弄那些琴弦，发出如苍蝇的营营声，苍蝇，多么腻人的东西，毫无精神，叫我听了只是心烦，那简直就如同老祖父硬逼我念古书一般。我与其听这营营声，还不如到外边的篱笆上听一片枯叶的歌子更好些。那是在无意中被我发现的。一日，我从篱下过，一种奇怪的声音招呼我，那仿佛是一

---

① 选自《李广田散文选集》，李广田著，蔡清富编，天津：百花文艺出版社，2009年6月。

只蚂蚱的振翅声，又好像一只小鸟的剥啄。然而这是冬天，没有蚂蚱，也不见啄木鸟，虽然在想象中我已经看见驾着绿鞍的小虫，和穿着红裙的没尾巴小鸟。那声音又似在故意逗我，一会儿唱唱，一会儿又歇歇。我费了不少时间终于寻到那个发声的机关：是篱笆上一片枯叶，在风中战动，与枯枝磨擦而发出好听的声响，我喜欢极了，我很想告诉外祖："放下你的，来听我的吧。"但因为要偷偷藏住这点快乐，终于也不曾告诉别人。

然而我所最喜欢的还不在此。我还是喜欢听琴——听那张长大无比的琴。

那时候我当然还没有一点地理知识。但又不知是从什么人听说过：黄河是从西天边一座深山中流来，黄荡荡如来自天上，一直泻入东边的大海，而中间呢，中间就恰好从外祖家的屋后流过。这是天地间一大奇迹，这奇迹，常常使我用心思索。黄河有多长，河堤也有多长，而外祖家的房舍就紧靠着堤身。这一带居民均占有这种便宜，不但在官地上建造房屋，而且以河堤作为后墙，故从前面看去，俨然如一排土楼，从后面看去，则只能看见一排茅檐。堤前堤后，均有极其整齐的官柳，冬夏四季，都非常好看。而这道河堤，这道从西天边伸到东天边的河堤，便是我最喜欢的一张长琴：堤身即琴身，堤上的电杆木就是琴柱，电杆木上的电线就是琴弦了。

　　最乐意到外祖家去，而且乐意到外祖家夜宿，就是为了听这长琴的演奏。

　　只要是有风的日子，就可以听到这长琴的嗡嗡声。那声音颇难比拟，人们说那像老头子哼哼，我心里却甚难佩服。尤其当深夜时候，尤其是在冬天的夜里，睡在外祖母的床上，听着墙外的琴声简直不能入睡。冬夜的黑暗是容易使人想到许多神怪事物的，而在一个小孩子的心里却更容易遐想，这嗡嗡的琴声就做了使我遐想的序曲。我从那黄河发源地的深山，缘着琴弦，想到那黄河所倾注的大海。我猜想那山是青色的，山里有奇花异草，有珍禽怪兽；我猜想那海水是绿色的，海上满是小小白帆，水中满是翠藻银鳞。而我自己呢，仿佛觉得自己很轻，很轻，我就缘着那条琴弦飞行。我看见那条琴弦在月光中发着银光，我可以看到它的两端，却又觉得那琴弦长到无限。我渐渐有些晕眩，在晕眩中我用一个小小铁锤敲打那条琴弦，于是那琴弦就发出嗡嗡的声响。这嗡嗡的琴声就直接传到我的耳里，我仿佛飞行了很远很远，最后才发觉自己仍是躺在温暖的被里。我的想象又很自然地转到外祖父身上，我又想起外祖父的横琴，想起那横琴的腻人的营营声。这声音和河堤的长琴混合起来，我乃觉得非常麻烦，仿佛眼前有无数条乱丝搅动在一起。我的思想愈思愈乱，我看见外祖父也变了原来的样子，他变成一个雪白须眉的老人，连衣服也是白的，为月光所洗，浑身上下颤动着银色的波纹。我知道这已不复是外祖，乃是一个神仙，一个妖怪，他每天夜里在河堤上敲打琴弦。我极力想把那老人的影像同外祖父分开，然而不可能，他们老是纠缠在一起。我感到恐怖。我的恐怖却又诱惑我到月夜中去，假如趁这时候一个人跑到月夜的河堤上该是怎样呢。恐怖是美丽的，然而到底还是恐怖。最后连我自己也分裂为二，我的灵魂在月光下的河堤上伫立，感到寒战，而我的身子却越发地向被下畏缩，直到蒙头裹脑睡去为止。

在这样的夜里，我会做出许多怪梦，可惜这些梦也都同过去的许多事实一样，都被我忘在模糊中了。

来到外祖家，我总爱一个人跑到河堤上，尤其每次刚刚来到的次日早晨，不管天气多么冷，也不管河堤上的北风多么凛冽，我总愿偷偷地跑到堤上，紧紧抱住电杆木，把耳朵靠在电杆上，听那最清楚的嗡嗡声。有时还故意地用力踢那电杆木，使那嗡嗡声发出一种节奏，心里觉得特别喜欢。

然而北风的寒冷总是难当的，我的手，我的脚，我的耳朵，其初是疼痛，最后是麻木，回到家里才知道已经成了冻疮，尤以脚趾肿痛得最厉害。因此，我有一整个冬季不能到外祖家去，而且也不能出门，闷在家里，我真是寂寞极了。

"为了不能到外祖家去听琴，便这样忧愁的吗？"老祖母见我郁郁不快的神色，这样子慰问我。不经慰问倒还是无事。

这最知心的慰问才更唤起我的悲哀。

　　祖母的慈心总是值得感激的，时至现在，则可以说是值得纪念的了，因为她已完结了她最平凡的，也可以说是最悲剧的一生，升到天国去了。在当时，她曾以种种方法使我快乐，虽然她所用的方法不一定能使我快乐。

　　她给我说故事，给我唱谣曲，给我说黄河水灾的可怕，说老祖宗兜土为山的传说，并用竹枝草叶为我做种种玩具。亏她想得出：她又把一个小瓶悬在风中叫我听琴。

　　那是怎样的一个小瓶啊，那个小瓶可还存在吗？提起来倒是非常怀念了。那瓶的大小如苹果，浑圆如苹果，只是多出一个很小很厚的瓶嘴儿。

　　颜色是纯白，材料很粗糙，并没有什么光亮的瓷釉。那种质朴老实样子，叫人疑心它是一件古物，而那东西也确实在我家传递了许多世代。老祖母从一个旧壁橱中找出这小瓶时，小心地拂拭着瓶上的尘土，以严肃的微笑告诉道："别看这小瓶不好，这却是祖上的传家宝呢。我们的老祖宗——可是也不记得是哪一位了，但愿他在天上做神仙——他是一个好心肠的医生，他用他的通神的医道救活过许多垂危的人。他曾用许多小瓶珍藏一些灵药，而这个小白瓶儿就是被传留下来的一个。"一边说着，一边又显出非常惋惜的神气。我听了老祖母的话也默然无语，因为我也同样地觉得很惋惜。我想象当年一定有无数这样大小瓶儿，同样大，同样圆，同样是白色，同样是好看，可是现在就只剩着这么一个了。那些可爱的小瓶儿都分散到哪里去了呢？而且还有那些灵药，还有老祖宗的好医术呢？我简直觉得可哀了。

那时候老祖母有多大年纪，也不甚清楚，但总是五十多岁的人吧，虽然头发已经苍白，身体却还相当的康健，她不惮烦劳地为我做着种种事情。

把小白瓶拂拭洁净之后，她乃笑着对我说道："你看，你看，这样吹，这样吹。"同时说着把瓶口对准自己的嘴唇把小瓶吹出呜呜的鸣声。我喜欢极了，当然她是更喜欢。她教我学吹，我居然也吹得响。于是她又说："这还不算为奇，我要把它系在高杆上，北风一吹，它也会呜呜地响。这就和你在河堤上听琴是一样的了。"

她继续忙着。她向几个针线筐里乱翻，她是要找寻一条结实的麻线。她把麻线系住瓶口，又自己搬一把高大的椅子，放在一根晒衣服的高杆下面。唉，这些事情我记得多么清楚啊！她在椅子上摇摇晃晃的样子，现在叫我想起来才觉得心惊。而且那又是在冷风之中，她摇摇晃晃地立在椅子上，伸直了身子，举起了双手，把小白瓶向那晒衣杆上紧系。她把那麻绳缠一匝，又一匝，结一个纥纨，又一个纥纨，唯恐那小瓶被风吹落，摔碎了祖宗的宝贝。她笑着，我也笑着，却都不曾言语。

我们只等把小瓶系牢之后立刻就听它发出呜呜响声。老祖母把一条长麻线完全结在上边了，她摇摇晃晃地从椅子上下来，我看出她的疲乏，我听出她的喘哮来了，然而，然而那个小瓶，在风中却没有一点声息。

我同老祖母都仰着脸望那风中的瓶儿，两人心中均觉得黯然，然而老祖母却还在安慰我："好孩子，不必发愁，今天风太小，几时刮大风，一定可以听到呜呜响了。"

以后过了许多日子，也刮过好多次老北风，然而那小白瓶还是一点不动，不发出一点声息。现在我每逢走过电杆木，听见电杆木发出嗡嗡声时，就很自然地想起这些。

现在外祖家已经衰落不堪，只剩下孤儿寡妇，一个舅母和一个表弟，在赤贫中过困苦日子，我的老祖父和祖母也都去世多年了。

母亲的时钟 ①

· 鲁彦

二十几年前，父亲从外面带了一架时钟给母亲：一尺多高，上圆下方，黑紫色的木框，厚玻璃面，白底黑字的计时盘，盘的中央和边缘镶着金漆的圆圈，底下垂着金漆的钟摆，钉着金漆的铃子，铃子后面的木框上贴着彩色的图画——是一架堂皇而且美丽的时钟。那时这样的时钟在乡里很不容易见到；不但我和姊姊非常觉得稀奇，就连母亲也特别喜欢它。

她最先把那时钟摆在床头的小橱上，只允许我们远望，不许我们走近去玩弄。我们爱看那钟摆的晃摇和长针的移动，常常望着望着忘记了读书和绣花。于是母亲搬了一个座位，用她的身子挡住了我们的视线，说：

---

① 选自《鲁彦文集》，鲁彦著，北京：线装书局，2009年6月。

"这是听的，不是看的呀！等一会儿又要敲了，你们知道呆看了多少时候吗？"

我们喜欢听时钟的敲声，常常问母亲：

"还不敲吗，妈？你叫它早点敲吧！"

但是母亲望了一望我们的书本和花绷，冷淡地回答说：

"到了时候，它自己会敲的。"

钟摆不但自己会动，还会得得地响下去，我们常常低低地念着它的次数；但母亲一看见我们嘴唇的翕动，就生起气来。

"你们发疯了！它一天到晚响着，你们一天到晚不做事情吗？我把它停了，或是把它送给人家去，免得害你们吧！……"

但她虽然这样说，却并没把它停下，也没把它送给人家。她自己也常常去看那钟点，天天把它揩得干干净净。

"走路轻一点！不准跳！"她几次对我们说，"震动得厉害，它会停止的！"

真的，母亲自从有了这架时钟以后，她自己的举动更加轻声了。她到小橱上去拿别的东西的时候，几乎忍住了呼吸。

这架时钟开足后可以走上一个星期。不知母亲是怎样记得的。每次总在第七天的早晨不待它停止，就去开足了发条。和时钟一道，父亲带回家来的，还有一个小小的日晷。一遇到天气好太阳大，母亲就在将到正午的时候，把它放在后院子的水缸盖上。她不会看别的时刻，只知道等待那红线的影子直了，就把时钟纠正为十二点。随后她收了那日晷，把它放在时钟的玻璃门内。我们也喜欢那日晷，因为它里面有一颗指南针，跳动得怪好看。但母亲连这个也不许我们玩弄。

"不是玩的！"她说，"太阳立刻就下山了，还不赶快做你们的事吗？……"

这在我们简直是件苦恼的事情。自从有了时钟以后，母亲对我们的监督愈加严了。她什么事情都要按着时候，甚至是早起、晚睡和三餐的时间。

冬天的日子特别短，天亮得迟黑得早。母亲虽然把我们睡眠的时间略略改动了些，但她自己总是照着平时的时间。大冷天，天还未亮，她就起来了。她把早饭煮好，房子收拾干净，拿着火炉来给我们烘衣服，催我们起床的时候，天才发亮，而我们也正睡得舒服，怕从被窝里钻出来。

"立刻要开饭了，不起来没有饭吃！"

她说完话就去预备碗筷。等我们穿好衣服，脸未洗完，她已经把饭菜摆在桌上。倘若我们不起来，她是决不等待我们的，从此要一直饿到中午，而且她半天也不理睬我们。

每次每次当她对我们说几点钟的时候，我们几乎都起了恐惧，因为她把我们的一切都用时间来限制，不准我们拖延。我们本来喜欢那架时钟的，以后却渐渐对它憎恶起来了。

　　"停了也好，坏了也好！"我们常常私自说。

　　但是它从来不停，也从来不坏。而且过了两三年，我们家里又加了一架时钟了。

　　那是我们阴配的嫂嫂的嫁妆。它比母亲的一架更时新，更美观，声音也更好听。它不用铃子，用的钢条圈，敲起来声音洪亮而且余音不绝。

　　我们喜欢这一架，因为它还有两个特点：比母亲的一架走得慢，常常走不到一星期就停了下来。

　　但母亲却喜欢旧的一架。她把新的放在门边的琴桌上，把揩抹和开发条的事情派给了姊姊。她屡次看时刻都走到自己的床边望那架旧的。

　　"你喜欢这一架，"母亲对姊姊说，"将来就给你做嫁妆吧。当然，这一架样子新，也值钱些。"

　　我想姊姊当时听了这话应该是高兴的。但我心里却很不快活。我不希望母亲永久有一架那样准确而耐用的时钟。

　　那时钟，到得后来几乎代替了母亲的命令了。母亲不说话，它也就下起命令来。我们正睡得熟，它叮叮地叫着逼迫我们起床了；我们正玩得高兴，它叮叮地叫着，逼迫我们睡觉了；我们肚子不饿，它却叫我们吃饭；肚子饿了，它又不叫我们吃饭……

　　我们喜欢的是要快就快，要慢就慢，要走就走，要停就停的时钟。

姊姊虽然有幸，将得到一架那样的时钟，但在出嫁前两三个月，母亲忽然要把它修理了。

"好看只管好看，乱时辰是不行的，"她对姊姊说，"你去做媳妇，比不得在家里做女儿，可以糊里糊涂，自由自在呀。"

不知怎样，她竟打听出来了一个会修时钟的人，把他从远处请到家里，将那架新的拆开来，加了油，旋紧了某一个螺丝钉，弄了大半天。母亲请他吃了一顿饭，还用船送他回去。

于是姊姊的那架时钟果然非常准确了，几乎和母亲的一模一样。这在她是祸是福，我不知道。只记得她以后不再埋怨时钟，而且每次回到家里来，常常替代母亲把那架旧的用日晷来对准；同时她也已变得和母亲一样，一切都按照着一定的时间了。

我呢，自从第一次离开故乡后，也就认识了时钟的价值，知道了它对于人生的重大的意义，早已把憎恶它的心思一变而为喜爱的了。因为大的时钟不合用，我曾经买过许多挂表，既便于携带，式样又美观，价钱又便宜。

我记得第一次回家随身带着的是一只新出的夜明表，喜欢得连半夜醒来也要把它从枕头下拿来观看一番的。

"你看吧，妈，我这只表比你那架旧钟有用得多了，"我说着把它放在母亲的衣下，"黑角里也看得见，半夜里也看得见呢！"

但是母亲却并不喜欢。她冷淡地回答说：

"好玩罢了，并且是哑的。要看谁走得准、走得久呀。"

我本来是不喜欢那架旧钟的，现在给她这么一说，我愈加发现它的缺点了：式样既古旧，携带又不便利，而且摆置得不平稳或者稍受震动就会停止；到了夜里，睡得正甜蜜的时候，有时它叮叮敲着把人惊醒了过来，反之，醒着想知道是什么时候，却须静候到一个钟头才能听到它的报告。然而母亲却看不起我的新置的完美的挂表，重视着那架不合用的旧钟。这真使我对它发生更不快的感觉。

幸而母亲对我的态度却改变了。她现在像把我当作了客人似的，每天早晨并不催我起床，也并不自己先吃饭，总是等待着我，一直到饭菜冷了再热过一遍。她自己是仍按着时间早起，按着时间煮饭的，但她不再命令我依从她了。

"总要早起早睡。"她偶然也在无意中提醒我，而态度却是和婉的。

然而我始终不能依从她的愿望。我的习惯一年比一年坏了：起来得愈迟，睡得也愈迟，一切事情都漫无定时。我先后买过许多表，的确都是不准确的，也不耐久的；到得后来，索性连这一类表也没用处了。

但母亲却依然保留着她那架旧钟：屋子被火烧掉了，她抢出了那架旧钟，几次移居到上海，她都带着那架旧钟。

"给你买一架新的吧，不必带到上海去。"我说。母亲摇一摇头：

"你们用新的吧，我还是要这架用惯了的。"

到了上海，她首先拿出那架旧钟来，摆在自己的房里，仍是自己管理它。

它和海关的钟差不多准确，也不需要修理添油。只是外面的样子渐渐老了：白底黑字的计时盘这里那里起了斑疤，金漆也一块块地剥落了。

至于母亲，自从父亲去世后也就得了病，愈加老得快，消瘦下来，没有精力做事情。

"吃现成饭了，"她说，"一切由你们吧。"

她把家里的事情全交给了我和妻，常常躺在床上睡觉。

但是她早起的习惯没有改。天才一亮，她就起床了。她很容易饿，我们吃饭的时间就不得不和她分了开来。常常我们才吃过早饭，她就要吃中饭。她起初也等待我们，劝我们，日子久了，她知道没办法，便径自先吃了。

"一天到晚，只看见开饭，"她不高兴的时候说，"我还是住在乡下好，这里看不惯！"

真的，她现在不常埋怨我们，可是一切都使她看不惯，她说要住到乡下去，立刻就要走的，怎样也留她不住。

"乡下冷清清的没有亲人。"我说。

"住惯了的。"

"把你顶喜欢的子孙带去吧。"

但是她不要。她只带着她那架旧钟回去。第二次再来上海时，仍带着那架旧钟。第三次，第四次……都是一样。

去年秋季，母亲最后一次离开了她所深爱的故乡。她自知身体衰弱到了极度，临行前对人家说：

"我怕不能再回来了。上海过老，也好的，全家在眼前……"

这一次她的行李很简单：一箱子的寿衣、一架时钟。到得上海，她又把那时钟放在她自己的房里。

果然从那时起，她起床的时候愈加少了，几乎一天到晚都躺在床上，而且不常醒来。只有天亮和三餐的时间，她还是按时地醒了过来。天气渐渐冷下来，母亲的病也渐渐沉重起来，不能再按时去开那架时钟，于是管理它的责任便到了我们的手里。但我们没有这习惯，常常忘记去开它，等到母亲说了几次钟停了，我们才去开足它的发条，而又因为没有别的时钟，常常无法纠正它，使它准确。

"要在一定时候开它，"母亲告诉我们说，"停久了，就会坏的，你们且搬它到自己的房里去吧，时时看见它就不会忘记了。"

我们依从母亲的话，便把她的时钟搬到了楼上房间里。几个月来，它也很少停止，因为一听到它的敲声的缓慢无力，我们便预先去开足了发条。

但是在母亲去世前的一个月里，我们忽然发现母亲的时钟异样了：明明是才开足二三天，敲声也急促有力，却在我们不注意中停止了。我们起初怀疑没放得平稳，随后以为是孩子们奔跳所震动，可是都不能证实。

不久，姊姊从故乡来了。她听到时钟的变化，便失了色，绝望地摇一摇头，说：

"妈的病不会好了，这是个不吉利的预兆……"

"迷信！"我立刻截断了她的话。

过了几天，我忽然发现时钟又停止了。是在夜里三点钟。早晨我到楼下去看母亲，听见她说话的声音特别低了，问她话老是无力回答。到了下半天，我们都在她床边侍候着，她昏昏沉沉地睡着，很少醒来。

我们喊了许久，问她要不要喝水，她微微摇一摇头，非常低声地说：

"不要喊我……"

我们知道她醒来后是感到身体的痛苦的，也就依从着她的话，让她安睡着。这样一直到深夜，我们看见她低声哼着，想转身却转不过来，便喂了她一点点汤水，问她怎样。

"比上半夜难过……"她低声回答我们。

我觉得奇怪，怀疑她昏迷了。我想，现在不就是上半夜吗，她怎么当作了下半夜呢？我连忙走到楼上，却又不禁惊讶起来：

原来母亲的时钟已经过了一点钟了。

我不明白，母亲是怎样听见楼上的钟声的。楼下的房子既高，楼板又有二层。自从她的时钟搬到楼上后，她曾好几次问过我们钟点。前后左右的房子空的很多，贴邻的一家，平常又没听见有钟声。附近又没有报时的鸡啼。这一夜母亲的房子里又相当不静寂，姊姊在念经，女工在吹折锡箔，间而夹杂着我们的低语声、走动声。母亲怎样知道现在到了下半夜呢？

是母亲没有忘记时钟吗？是时钟永久跟随着母亲呢？我想问母亲，但是母亲不再说话了。一点多钟以后她闭上了眼睛，正是头一天时钟自动地静默下来的那个时刻。

失却了一位这样的主人，那架古旧的时钟怕是早已感觉到存在的悲苦了吧？唉……

后来重温往事，方觉岁月如风

　　我的保姆，长妈妈即阿长，辞了这人世，大概也有了三十年了吧。我终于不知道她的姓名，她的经历；仅知道有一个过继的儿子，她大约是青年守寡的孤孀。

私塾生活①

·丰子恺

我的学童时代，就是六十年前的时代。那时候，我国还没有学校，儿童上学，进的是私塾。什么叫作私塾呢？就是一个先生在自己家里开办一个学堂，让亲戚、朋友、邻居家的小孩子来上学。有的只有七八个学生，有的十几个，至多也不过二三十个，不能再多了。因为家里屋子有限，先生只有一人。这位先生大都是想考官还没有考取的人，或者一辈子考不取的老人。那时候要做官，必须去考。小考一年一次，大考三年一次。考不取的，就在家里开私塾，教学生。学生每逢过年，送几块银洋给先生，作为学费，称为"修敬"。每逢端午、中

———————

① 选自《缘缘堂随笔》，丰子恺著，杭州：浙江文艺出版社，2017年
2月。

秋，也必须送些礼物给先生，例如鱼、肉、粽子、月饼之类。私塾没有星期天，也没有暑假，只有年假，放一个多月。倘先生有事，随时可以放假。

私塾里不讲时间，因为那时绝大多数人家没有自鸣钟。学生早上入学，中午"放饭学"，下午再入学，傍晚"放夜学"，这些时间都没有一定，全看先生的生活情况。先生起得迟的，学生早上不妨迟到。先生有了事情，晚上就早点"放夜学"。学生早上入学，先生大都尚未起身，学生夹了书包走进学堂，先双手捧了书包向堂前的孔夫子牌位拜三拜，然后坐在规定的座位里。倘先生已经起来了，坐在学堂里，那么学生拜过孔夫子之后，须得再向先生拜一拜，然后归座。座位并不是课桌，就是先生家里的普通桌子，或者是自己家里搬来的桌子。座位并不排成一列，零零星星地安排，就同普通人家的房间布置一样。课堂里没有黑板，实际上也用不到黑板。因为先生教书是一个一个教的。先生叫声"张三"，张三便拿了书走到先生的书桌旁边，站着听先生教。教毕，先生再叫"李四"，李四便也拿了书走过去受教……每天每人教多少时间，教多少书，没有一定，全看先生高兴。他高兴时，多教点；不高兴时，少教点。这些先生家里大都是穷的，有的全靠学生年终送的"修敬"过日子。因此做教书先生，人们称为"坐冷板凳"，意思是说这种职业是很清苦的。因此先生家里柴米成问题的时候，先生就不高兴，教书也很懒。

　　还有，私塾先生大都是吸鸦片的。小朋友们，你们知道什么叫作鸦片吗？待我告诉你们：鸦片是一种烟，是躺在床上吸的。吸得久了，天天非吸几次不可，不吸就要打呵欠、流鼻涕，头晕眼花，同生病一样。这叫作"鸦片上瘾"。上了瘾的人很苦：又费钱，又费时间，又伤身体。那么你要问：他们为什么要吸呢？只因那时外国帝国主义欺侮我们中国人，贩进这种毒品来教大家吃，好让中国一天一天弱起来。那时中国政府怕外国人，不爱人民，就让大家去吸，便害了许多人。而读书人受害的最多。因为吸了鸦片，精神一时很好，读得进书，但不吸就读不进。因此不少读书人都上了当。

　　私塾没有课程表。但大都有个规定：早上"习字"，上午"背旧书"，下午"上新书"，放夜学之前"对课"。

　　私塾里读的书只有一种，是语文。像现在学校里的算术、图画、音乐、体操……那时一概没有。语文之外，只有两种小课，即"习字"和"对课"。而这两种小课都是和语文有关的，只算是语文中的一部分。而所谓"语文"，也并不是现在那种教科书，却是一种古代的文言文章，那书名叫作《大学》《中庸》《论语》《孟子》……这种书都很难读，就是现在的青年人、壮年人，也不容易懂得，何况小朋友。但先生不管小朋友懂不懂，硬要他们读，而且必须读熟，能背。小朋友读的时候很苦，不懂得意思，照先生教的念，好比教不懂外国语的人说外国语。然而那时的小朋友苦得很，非硬记、硬读、硬背不可。因为背不出先生要用"戒尺"打手心，或者打后脑。戒尺就是一尺长的一条方木棍。

上午，先生起来了，捧了水烟管走进学堂里，学生便一齐大声念书，比小菜场里还要嘈杂。因为就要"背旧书"了，大家便临时"抱佛脚"。先生坐下来，叫声"张三"，张三就拿了书走到先生书桌面前，把书放在桌上了，背转身子，一摇一摆地背诵昨天、前天和大前天读过的书。倘背错了，或者背不下去了，先生就用戒尺在他后脑上打一下，然后把书丢在地上。这个张三只得摸摸后脑，拾了书，回到座位里去再读，明天再背。于是先生再叫"李四"……一个一个地来背旧书。背旧书时，多数人挨打，但是也有背不出而不挨打的，那是先生自己的儿子或者亲戚。背好旧书，一个上午差不多了，就放饭学，学生大家回家吃饭。

下午，先生倘是吸鸦片的，要三点多钟才进学堂来。"上新书"也是一个一个上的。上的办法：先生教你读两遍或三遍，即先生读一句，你顺一句。教过之后，要你自己当场读一遍给先生听。但那些书是很难读的，难字很多，先生完全不讲解意义，只是教你跟了他"唱"。所以唱过二三遍之后，自己不一定读得出。越是读不出，后脑上挨打越多；后脑上打得越多，越是读不出。先生书桌前的地上，眼泪是经常不干的！因此有的学生，上一天晚上请父亲或哥哥等先把明天的生书教会，免得挨打。

新书上完后，将近放学，先生把早上交来的习字簿用红笔加批，发给学生。批有两种：写得好的，圈一圈；写得不好的，直一直；写错的，打个叉。直的叫作"吃烂木头"，叉的叫作"吃洋钢叉"。有的学生，家长发给零用钱，以习字簿为标准：一圈一个铜钱；一个烂木头抵消一个铜钱；一个洋钢叉抵消两个铜钱。

发完习字簿，最后一件事是"对课"。先生昨天在你的"课簿"上写两个或三个字，你拿回家去，对他两个或三个字，第二天早上交在先生桌上。此时先生逐一翻开来看，对得好的，圈一圈；对得不好的，他替你改一改。然后再出一个新课，让你拿回去对好了，明天来交卷。什么叫对课呢？譬如先生的"红花"两字，你对"绿叶"；先生出"春风"，你对"秋雨"；先生出"明月夜"，你对"艳阳天"……对课要讲词性，要讲平仄（什么叫作词性和平仄，说来话多，我暂时不讲了）。这算是私塾里最有兴味的一课。然而对得太坏，也不免挨打手心。对过课之后，先生喊一声："去！"学生就打好书包，向孔夫子牌位拜三拜，再向先生拜一拜，一缕烟跑出学堂去了。这时候个个学生很开心，一路上手挽着手，跳跳蹦蹦，乱叫乱嚷，欢天喜地地回家去，犹如牢狱里释放的犯人一般。

今天讲得太多了。下次有机会再和小朋友谈旧话吧。

童年生活①

· 梁实秋

我的童年生活，只模糊地记得一些事。

北平有一童谣：

小小子儿，

坐门墩儿，

哭哭啼啼地想媳妇儿。

娶了媳妇儿干什么呀？

点灯，说话儿；

吹灯，做伴儿；

---

① 选自《梁实秋作品精选》，梁实秋著，武汉：长江文艺出版社，
2019年11月。

早晨起来梳小辫儿。

梳小辫儿是一天中第一件大事。我是在民国元年才把小辫儿剪了去的。那时候我的辫子已有一尺多长，睡一夜觉，辫子往往就松散了，辫子不梳好是不准出屋门的。所以早起急于梳辫子，而母亲忙，匆匆地给我梳，揪得头皮疼。我非常厌恶这根猪尾巴。父亲读《扬州十日记》《大义觉迷录》之类的书，常把满军入关之后"留头不留发，留发不留头"的事讲给我们听，我们对于辫子益发没有好感。革命后把辫子一刀两断，十分快意。那时候北平的新式理发馆只有东总布胡同西口路北一处，座椅两张。我第一次到那里剪发，连揪带剪，相当痛，而且头发楂顺着脖子掉下去。

民国以前，我的家是纯粹旧式的。孩子不是一家之主，是受气包儿。家规很严。门房、下房，根本不许孩子涉足其间。爷爷奶奶住的上房，无事也不准进去，父亲的书房也是禁地，佛堂更不用说。所以孩子们活动的空间有限。室内游戏以在炕上攀登被窝垛为主，再不就是用窗帘布挂在几张桌前做成小屋状，钻进去坐着，彼此做客互访为乐。玩具是有的，不外乎"打糖锣儿的"担子上买来的泥巴制的小蜡签儿之类，从隆福寺买来的小"空竹"算是上品了。

我记得儿时的服装，最简单不过。夏天似乎永远是一身竹布裤褂,白布是禁忌。冬天自然是大棉袄小棉袄,穿得滚圆臃肿。鞋子袜子都是自家做的,自古以来不就是以"青鞋布袜"作为高人雅士的标识吗?我们在童年时就有了那样的打扮。进了清华之后,才斗胆自主写信到天津邮购了一双白帆布鞋,才买了洋袜子穿。暑假把一双手工做的布袜子原样带回家,被母亲发现,才停止了布袜的供应。布鞋、毛窝,一直在脚上穿着,皮鞋是很久以后的事了。

小孩子哪有不馋的?早晨烧饼油条或是三角馒头,然后一顿面一顿饭,三餐无缺,要想吃零食不大容易。门口零食小贩是不许照顾的,有时候偷着吃"果子干""玻璃粉"或是买串糖葫芦,被发现便不免要挨骂。所以我出去到大鹁鸽市进陶氏学堂的时候,看见卖浆米藕的小贩,驻足而观,几乎馋死,豁出两天不吃烧饼油条积了两个铜板才得买了一小碟吃。我的一个弟弟想吃肉,有一天情不自已地问出一句使母亲心酸的话:"妈,小炸丸子卖多少钱一碟?"

革命以后,情况不同了。我的家庭也起了革命。我们可以穿白布衫裤,可以随时在院子里拍皮球、放风筝、耍金箍棒,可以逛隆福寺吃"驴打滚儿""艾窝窝"。父亲也带我们挤厂甸。念字号儿,描红模子,读商务出版的"人手足刀尺,一人二手,开门见山,山高月小,水落石出……",这一套启蒙教育,都是在炕桌上,在母亲的笤帚疙瘩的威吓下,顺利进行的。我们没受过体罚。我比较顽皮淘气，可是也没挨过打。我爱发问，我读过"一老人，入市中，买鱼两尾，步行回家"之后，曾经发问："为什么买鱼两尾就不许他回家？"

父亲给我们订了一份商务的《儿童画报》，卷末有一栏绘一空白轮廓，要小读者运用想象力在其中填画一件彩色的实物。寄了去如果中选则有奖。我得了好几次奖，大概我是属于"小时了了"那一类型。上房后炕的炕案上有一箱装订成册的《吴友如画宝》，虽然说明文字未必能看得懂，画中大意往往能体会到一大部分，帮助我了解社会人生不浅。性的知识，我便是在八九岁时从吴友如的几期画报中领悟到的。

这就是我童年生活的大概。

端午的鸭蛋 ①

· 汪曾祺

　　家乡的端午，很多风俗和外地一样。系百索子。五色的
丝线拧成小绳，系在手腕上。丝线是掉色的，洗脸时沾了水，
手腕上就印得红一道绿一道的。做香角子。丝线缠成小粽子，
里头装了香面，一个一个串起来，挂在帐钩上。贴五毒。红纸
剪成五毒，贴在门槛上。贴符。这符是城隍庙送来的。城隍庙
的老道士还是我的寄名干爹，他每年端午节前就派小道士送符
来，还有两把小纸扇。符送来了，就贴在堂屋的门楣上。一尺
来长的黄色、蓝色的纸条，上面用朱笔画些莫名其妙的道道，
这就能辟邪吗？喝雄黄酒。用酒和的雄黄在孩子的额头上画一

---

① 选自《逝水》，汪曾祺著，梁由之主编，上海：上海三联书店，
2019年7月。

个王字，这是很多地方都有的。有一个风俗不知别处有不：放黄烟子。黄烟子是大小如北方的麻雷子的炮仗，只是里面灌的不是硝药，而是雄黄。点着后不响，只是冒出一股黄烟，能冒好一会儿。把点着的黄烟子丢在橱柜下面，说是可以熏五毒。小孩子点了黄烟子，常把它的一头抵在板壁上写虎字。写黄烟虎字笔画不能断，所以我们那里的孩子都会写草书的"一笔虎"。还有一个风俗，是端午节的午饭要吃"十二红"，就是十二道红颜色的菜。十二红里我只记得有炒红苋菜、油爆虾、咸鸭蛋，其余的都记不清，数不出了。也许十二红只是一个名目，不一定真凑足十二样。不过午饭的菜都是红的，这一点是我没有记错的，而且，苋菜、虾、鸭蛋，一定是有的。这三样，在我的家乡，都不贵，多数人家是吃得起的。

我的家乡是水乡。出鸭。高邮大麻鸭是著名的鸭种。鸭多，鸭蛋也多。高邮人也善于腌鸭蛋。高邮咸鸭蛋于是出了名。我在苏南、浙江，每逢有人问起我的籍贯，回答之后，对方就会肃然起敬："哦！你们那里出咸鸭蛋！"上海的卖腌腊的店铺里也卖咸鸭蛋，必用纸条特别标明："高邮咸蛋。"高邮还出双黄鸭蛋。别处鸭蛋也偶有双黄的，但不如高邮的多，可以成批输出。双黄鸭蛋味道其实无特别处。还不就是个鸭蛋！只是切开之后，里面圆圆的两个黄，使人惊奇不已。我对异乡人称道高邮鸭蛋，是不大高兴的，好像我们那穷地方就出

鸭蛋似的！不过高邮的咸鸭蛋，确实是好，我走的地方不少，
所食鸭蛋多矣，但和我家乡的完全不能相比！曾经沧海难为
水，他乡咸鸭蛋，我实在瞧不上。袁枚的《随园食单·小菜
单》有"腌蛋"一条。袁子才这个人我不喜欢，他的《食单》
好些菜的做法是听来的，他自己并不会做菜。但是《腌蛋》这
一条我看后却觉得很亲切，而且"与有荣焉"。文不长，录
如下：

　　腌蛋以高邮为佳，颜色细而油多，高文端公最喜食
之。席间，先夹取以敬客，放盘中。总宜切开带壳，黄白
兼用；不可存黄去白，使味不全，油亦走散。

　　高邮咸蛋的特点是质细而油多。蛋白柔嫩，不似别处的
发干、发粉，入口如嚼石灰。油多尤为别处所不及。鸭蛋的
吃法，如袁子才所说，带壳切开，是一种，那是席间待客的办
法。平常食用，一般都是敲破"空头"用筷子挖着吃。筷子头
一扎下去，吱——红油就冒出来了。高邮咸蛋的黄是通红的。
苏北有一道名菜，叫作"朱砂豆腐"，就是用高邮鸭蛋黄炒的
豆腐。我在北京吃的咸鸭蛋，蛋黄是浅黄色的，这叫什么咸鸭
蛋呢！
　　端午节，我们那里的孩子兴挂"鸭蛋络子"。头一天，

就由姑姑或姐姐用彩色丝线打好了络子。端午一早，鸭蛋煮熟了，由孩子自己去挑一个，鸭蛋有什么可挑的呢？有！一要挑淡青壳的。鸭蛋壳有白的和淡青的两种。二要挑形状好看的。别说鸭蛋都是一样的，细看却不同。有的样子蠢，有的秀气。挑好了，装在络子里，挂在大襟的纽扣上。这有什么好看呢？然而它是孩子心爱的饰物。鸭蛋络子挂了多半天，什么时候孩子一高兴，就把络子里的鸭蛋掏出来，吃了。端午的鸭蛋，新腌不久，只有一点淡淡的咸味，白嘴吃也可以。

孩子吃鸭蛋是很小心的。除了敲去空头，不把蛋壳碰破。蛋黄蛋白吃光了，用清水把鸭蛋壳里面洗净，晚上捉了萤火虫来，装在蛋壳里，空头的地方糊一层薄罗。萤火虫在鸭蛋里一闪一闪地亮，好看极了！

小时读囊萤映雪故事，觉得东晋的车胤用练囊盛了几十只萤火虫，照了读书，还不如用鸭蛋壳来装萤火虫。不过用萤火虫照亮来读书，而且一夜读到天亮，这能行吗？车胤读的是手写的卷子，字大，若是读现在的新五号字，大概是不行的。

阿长与《山海经》①

· 鲁迅

长妈妈，已经说过，是一个一向带领着我的女工，说得阔气一点，就是我的保姆。我的母亲和许多别的人都这样称呼她，似乎略带些客气的意思。只有祖母叫她阿长。我平时叫她"阿妈"，连"长"字也不带；但到憎恶她的时候——例如知道了谋死我那隐鼠的却是她的时候，就叫她阿长。

我们那里没有姓长的；她生得黄胖而矮，"长"也不是形容词。又不是她的名字，记得她自己说过，她的名字是叫作什么姑娘的。什么姑娘，我现在已经忘却了，总之不是长姑娘；也终于不知道她姓什么。记得她也曾告诉过我这个名称的来

---

① 选自《鲁迅全集·第2卷》，鲁迅著，鲁迅先生纪念委员会编，广州：花城出版社，2021年8月。

历：先前的先前，我家有一个女工，身材生得很高大，这就是真阿长。后来她回去了，我那什么姑娘才来补她的缺，然而大家因为叫惯了，没有再改口，于是她从此也就成为长妈妈了。

虽然背地里说人长短不是好事情，但倘使要我说句真心话，我可只得说：我实在不大佩服她。最讨厌的是常喜欢切切察察，向人们低声絮说些什么事。还竖起第二个手指，在空中上下摇动，或者点着对手或自己的鼻尖。我的家里一有些小风波，不知怎的我总疑心和这"切切察察"有些关系。又不许我走动，拔一株草，翻一块石头，就说我顽皮，要告诉我的母亲去了。一到夏天，睡觉时她又伸开两脚两手，在床中间摆成一个"大"字，挤得我没有余地翻身，久睡在一角的席子上，又已经烤得那么热。推她呢，不动；叫她呢，也不闻。

"长妈妈生得那么胖，一定很怕热吧？晚上的睡相，怕不见得很好吧？……"

母亲听到我多回诉苦之后，曾经这样地问过她。我也知道这意思是要她多给我一些空席。她不开口。但到夜里，我热得醒来的时候，却仍然看见满床摆着一个"大"字，一条臂膊还搁在我的颈子上。我想，这实在是无法可想了。

但是她懂得许多规矩；这些规矩，也大概是我所不耐烦的。一年中最高兴的时节，自然要数除夕了。辞岁之后，从长辈得到压岁钱，红纸包着，放在枕边，只要过一宵，便可以随意使用。睡在枕上，看着红包，想到明天买来的小鼓、刀枪、泥人、糖菩萨……然而她进来，又将一个福橘放在床头了。

"哥儿，你牢牢记住！"她极其郑重地说，"明天是正月初一，清早一睁开眼睛，第一句话就得对我说：'阿妈，恭喜恭喜！'记得吗？你要记着，这是一年的运气的事情。不许说别的话！说过之后，还得吃一点福橘。"她又拿起那橘子来在我的眼前摇了两摇，"那么，一年到头，顺顺流流……"

梦里也记得元旦的，第二天醒得特别早，一醒，就要坐起来。她却立刻伸出臂膊，一把将我按住。我惊异地看她时，只见她惶急地看着我。

她又有所要求似的，摇着我的肩。我忽而记得了——

"阿妈，恭喜……"

"恭喜恭喜！大家恭喜！真聪明！恭喜恭喜！"她于是十分喜欢似的，笑将起来，同时将一点冰冷的东西，塞在我的嘴里。我大吃一惊之后，也就忽而记得，这就是所谓福橘，元旦辟头的磨难，总算已经受完，可以下床玩耍去了。

她教给我的道理还很多，例如说人死了，不该说死掉，必须说"老掉了"；死了人，生了孩子的屋子里，不应该走进去；饭粒落在地上，必须捡起来，最好是吃下去；晒裤子用的竹竿底下，是万不可钻过去的……此外，现在大抵忘却了，只有元旦的古怪仪式记得最清楚。总之：都是些烦琐之至，至今想起来还觉得非常麻烦的事情。

然而我有一时也对她发生过空前的敬意。她常常对我讲"长毛"。她之所谓"长毛"者，不但洪秀全军，似乎连后来一切土匪强盗都在内，但除却革命党，因为那时还没有。她说得长毛非常可怕，他们的话就听不懂。她说先前长毛进城的时候，我家全都逃到海边去了，只留一个门房和年老的煮饭老妈子看家。后来长毛果然进门来了，那老妈子便叫他们"大王"——据说对长毛就应该这样叫——诉说自己的饥饿。长毛笑道："那么，这东西就给你吃了吧！"将一个圆圆的东西掷了过来，还带着一条小辫子，正是那门房的头。煮饭老妈子从此就骇破了胆，后来一提起，还是立刻面如土色，自己轻轻地拍着胸脯道："啊呀，骇死我了，骇死我了……"

我那时似乎倒并不怕，因为我觉得这些事和我毫不相干的，我不是一个门房。但她大概也即觉到了，说道："像你似的小孩子，长毛也要掳的，掳去做小长毛。还有好看的姑娘，也要掳。"

"那么，你是不要紧的。"我以为她一定最安全了，既不做门房，又不是小孩子，也生得不好看，况且颈子上还有许多灸疮疤。

"哪里的话？！"她严肃地说，"我们就没有用处？我们也要被掳去。城外有兵来攻的时候，长毛就叫我们脱下裤子，一排一排地站在城墙上，外面的大炮就放不出来；再要放，就炸了！"

这实在是出于我意想之外的，不能不惊异。我一向只以为她满肚子是麻烦的礼节罢了，却不料她还有这样伟大的神力。从此对于她就有了特别的敬意，似乎实在深不可测；夜间的伸开手脚，占领全床，那当然是情有可原的了，倒应该我退让。

这种敬意，虽然也逐渐淡薄起来，但完全消失，大概是在知道她谋害了我的隐鼠之后。那时就极严重地诘问，而且当面叫她阿长。我想我又不真做小长毛，不去攻城，也不放炮，更不怕炮炸，我惧惮她什么呢！

但当我哀悼隐鼠，给它复仇的时候，一面又在渴慕着绘图的《山海经》了。这渴慕是从一个远房的叔祖惹起来的。他是一个胖胖的，和蔼的老人，爱种一点花木，如珠兰、茉莉之类，还有极其少见的，据说从北边带回去的马缨花。他的太太却正相反，什么也莫名其妙，曾将晒衣服的竹竿搁在珠兰的枝条上，枝折了，还要愤愤地咒骂道："死尸！"这老人是个寂寞者，因为无人可谈，就很爱和孩子们往来，有时简直称我们为"小友"。在我们聚族而居的宅子里，只有他书多，而且特别。制艺和试帖诗，自然也是有的；但我却只在他的书斋里，看见过陆玑的《毛诗草木鸟兽虫鱼疏》，还有许多名目很生的书籍。我那时最爱看的是《花镜》，上面有许多图。他说给我听，曾经有过一部绘图的《山海经》，画着人面的兽，九头的蛇，三脚的鸟，生着翅膀的人，没有头而以两乳当作眼睛的怪物……可惜现在不知道放在那里了。

我很愿意看看这样的图画，但不好意思力逼他去寻找，他是很疏懒的。问别人呢，谁也不肯真实地回答我。压岁钱还有几百文，买吧，又没有好机会。有书买的大街离我家远得很，我一年中只能在正月间去玩一趟，那时候，两家书店都紧紧地关着门。

玩的时候倒是没有什么的，但一坐下，我就记得绘图的《山海经》。

大概是太过于念念不忘了，连阿长也来问《山海经》是怎么一回事。这是我向来没有和她说过的，我知道她并非学者，说了也无益；但既然来问，也就都对她说了。

过了十多天，或者一个月吧，我还很记得，是她告假回家以后的四五天，她穿着新的蓝布衫回来了，一见面，就将一包书递给我，高兴地说道：

"哥儿，有画儿的'三哼经'，我给你买来了！"

我似乎遇着了一个霹雳，全体都震悚起来；赶紧去接过来，打开纸包，是四本小小的书，略略一翻，人面的兽，九头的蛇……果然都在内。

这又使我发生新的敬意了，别人不肯做，或不能做的事，她却能够做成功。她确有伟大的神力。谋害隐鼠的怨恨，从此完全消灭了。

这四本书，乃是我最初得到，最为心爱的宝书。

书的模样，到现在还在眼前。可是从还在眼前的模样来说，却是一部刻印都十分粗拙的本子。纸张很黄；图像也很坏，甚至于几乎全用直线凑合，连动物的眼睛也都是长方形的。但那是我最为心爱的宝书，看起来，确是人面的兽；九头的蛇；一脚的牛；袋子似的帝江；没有头而"以乳为目，以脐为口"，还要"执干戚而舞"的刑天。

此后我就更其搜集绘图的书，于是有了石印的《尔雅音图》和《毛诗品物图考》，又有了《点石斋丛画》和《诗画舫》。《山海经》也另买了一部石印的，每卷都有图赞，绿色的画，字是红的，比那木刻的精致得多了。这一部直到前年还在，是缩印的郝懿行疏。木刻的却已经记不清是什么时候失掉了。

我的保姆，长妈妈即阿长，辞了这人世，大概也有了三十年了吧。我终于不知道她的姓名，她的经历；仅知道有一个过继的儿子，她大约是青年守寡的孤孀。

仁厚黑暗的地母啊，愿在你怀里永安她的魂灵！

我的中学生时代 ①

·夏丏尊

　　中学校时代，在年龄上是指十三四岁到十八九岁的一段。我今年四十六岁，我的中学校时代已是三十年以前的事了。那时正是由科举过渡到学校的当儿，学校未兴，私塾是唯一的学校。我自幼也从塾师读经书，学八股，考秀才，后来且考过举人。及科举全废的前两三年，然后改进学校，可是未曾在什么学校里毕过业，未曾得过卒业文凭。

　　我上代是经商的，父亲却是个秀才。在十岁以前，祖父的事业未倒，家境很不坏，兄弟五人中据说我在八字上可以读书，于是祖父与父亲都期望我将来中举人点翰林，光大门楣，

---

① 选自《文化名人读书求学自述》，杨里昂、彭国梁主编，长沙：湖南大学出版社，2022年8月。

不预备叫我去学生意。在我家坐馆的先生也另眼相看，我所读的功课是和我的兄弟们不同的。他们读毕四书，就读些《幼学琼林》和尺牍书类，而我却非读《左传》《诗经》《礼记》等等不可。他们不必作八股文，而我却非作八股文不可。因为我是要预备将来做读书人的。

十六岁那年我考得了秀才，以后不久八股即废，改"以策论取士"。八股在戊戌政变时曾废过，不数月即恢复，至是时乃真废了。这改革使全国的读书人大起恐慌。当时的读书人大都是一味靠八股吃饭的，他们平日朝夕所读的是八股，案头所列的是闱墨或试帖诗，经史向不研究，"时务"更所茫然。我虽八股的积习未深，不曾感到很大的不平，但要从师也无师可从，只是把《大题文府》等类搁起，换些《东来博议》《读通鉴论》《古文观止》这类的东西来读，把白折纸废去，临摹碑帖，再把当时唯一的算术书《笔算数学》买来自修而已。

那时我家里的情况已大不如从前了。最初是祖父的事业失败，不久祖父即去世。父亲是少爷出身，舒服惯了的。兄弟们为家境所迫，都托亲友介绍，提早做商店学徒去了。五间三进的宽大而贫乏的家里，除了母亲和一个嫂子，就剩了父子两个老小秀才。父亲的书箱里，八股文以外有一部《史记》，一部《前汉后书》，一部《韩昌黎集》，一部《唐诗三百首》，一部《通鉴纲目》，一部《文选》，一部《聊斋志异》，一部

《红楼梦》，一部《西厢记》，一部《经策通纂》，一部《皇清经解》，还有几种唐人的碑帖与《桐荫论画》等论书画的东西。父子把这些书作长日的消遣，父亲爱写字，种花，整洁居室，室里干净清静得如庵院一般。这样地过了约莫一年。

亲戚中从上海回来的，都来劝读外国书（现在的所谓进学校）。当时内地无学校，要读外国书只有到上海。据说上海最有名的是梵王渡（现在的圣约翰大学），如果在那里毕业，包定有饭吃。父母也觉得科举快将全废，长此下去究不是事，于是就叫我到上海去读外国书。当时读外国书的地方并不多，外国人立的只有梵王渡、震旦与中西书院，中国人立的只有南洋公学。我是去读外国书的，当然要进外国人的学校。震旦是读法文的，梵王渡据说程度较高，要读过几年英文才能进去，中西书院（现在东吴大学的前身）入学比较容易些，我于是就进中西书院。

那时生活程度还很低，可是学费却已并不便宜，中西书院每半年记得要缴费四十八元。家中境况已甚拮据，我的第一次半年的学费还是母亲把首饰变卖了给我的。我与便友同伴到了上海，由大哥送我入中西书院。那时我年十七。

中西书院分为六年毕业，初等科三年，高等科三年，此外还有特科若干年。我当然进初等科，那时功课不限定年级，是依学生的程度定的。英文是甲班的，算学如果有些根底就可入乙班，国文好的可以入丙班。我英文初读，入甲班，最初读的是《华英初阶》；算学乙班，读《笔算数学》；国文，甲班；其余各科也参差不齐，记不清楚了。各种学科中，最被人看不起的是国文，上课与否可以随便，最注重的是英文。时间表很简单，每日上午全读英文，下午第一时板定是算学，其余各科则配搭在数学以后。监院（校长）是美国人潘慎文，教习有史拜言、谢鸿赉等。同学一百多人，大多数是包车接送的富者之子，间有贫寒子弟，则系基督教徒，受有教会补助，读书不用花钱的。我的同学中很有许多现今知名之士。记得名律师丁榕，经济大家马寅初，都是我的先辈的同学。

中西书院门禁森严，除通学生外，非得保证人来信不能出大门一步，并且星期日不能告假（因为要做礼拜），情形几等于现在的旧式女学校。告假限在星期六下午。我的保证人是我的大哥，他在商店做事，每月只来带我出去一次，有时他自己有事，也就不来领我。我在那里几乎等于笼鸟，尤其是礼拜日，逃不掉做礼拜觉得很苦。

礼拜真正多极。每日上课前要做礼拜，星期三晚上要做礼拜，星期日早晨要做礼拜，晚上又要做礼拜。每次礼拜有舍监来各房间查察，非去不可。每日早晨的礼拜约需三十分钟，其余的都要费一小时以上。唱赞美歌，祷告，讲经，厌倦非凡。这种麻烦，如果叫现今每周只做一次纪念周犹嫌费事的学生诸君去尝，不知能否忍耐呢?

读了一学期，学费无法继续，于是只好仍旧在家里，用《华英进阶》、《华英字典》（这是中国第一部英文字典，商务出版）、《代数备旨》等书自修。另外再作些策论《四书义》，请邑中的老先生评阅。秋间再去考乡试，举人当然无望，却从临时书肆（当时平日书店很少，一至考试时，试院附近临时书店如林）买了严译《原富》《天演论》等书回来，莫名其妙地翻阅。又因排满之呼声已起，我也向朋友那里借了《新民丛报》等来看，由是对于明末清初的故事与文章很有兴味，《明季稗史》《明夷待访录》《吴梅村集》《虞初新志》等书，都是我所耽读的。

十八岁那年，因了一位朋友的劝告，同到绍兴府学堂（现在浙江第五中学的前身）入学。在那一二年中，内地学堂已成立了不少。当时办学概依奏定学堂章程，学制很划一。县有县学堂，性质为现在的高小程度，府学堂则相当于现在的中学，省学堂相当于大学预科，京师大学堂即现在的所谓大学了。学堂的成立，并无一定顺序，我们绍兴是先有中学，后有小学的。府学堂不收学费，宿费更不须出，饭费只每月二元光景。并且学校由书院改设，书院制尚未全除，月考成绩若优，还有一元乃至几毛钱的"膏火"可得（膏火是书院时代的奖金名称，意思是灯油费）。读书不但可以不花钱，而且弄得好还有零用可获得的。

府学堂的科目记得为伦理、经学、国文、英文、史学、舆地、算学、格致（现在的理化博物）、体操、测绘（用器画舆地图），功课亦依程度编级，一如中西书院的办法。我因英文已有半年每日三点钟及在家自修的成绩，居然大出风头，被排在程度顶高的一级里，算学与国文的班次也不低。同学之中年龄老大的很多，班级皆低于我，我于是颇受师友的青眼。

国文是一位王先生教的，选读《皇朝经世文编》，作文题是《范文正公为秀才时便以天下为己任》《士先器识而后文艺》之类。经学是徐先生（刺恩铭的徐锡麟烈士）担任的，他叫我们读《公羊传》，上课时大发挥其微言大义。测绘也由这位徐先生担任。体操教师是一位日本人。他不会讲中国话，口令是用日本语的，故于最初就由他教我们几句体操用的日本语，如"立正""向前"之类。伦理教师最奇特，他姓朱，是绍兴有名的理学家，有长长的须髯，走路踱方步，写字仿朱子。他教我们学"洒扫应对""居敬存诚"，还教我们舞佾，拿了鸡尾似的劳什子作种种把戏。据他的主张，上课时书应端执在右手，不应挟在腋下；上班退班都须依照长幼之序"鱼贯而行"，不应作鸟兽散；见先生须作揖，表示敬意。我们虽不以为然，却不去加以攻击，只依老古董相待罢了。

当时青年界激昂慷慨，充满着蓬勃的朝气，似乎都对于中国怀着相当的期待，不像现在的消沉幻灭。庚子事件经过不久，又当日俄战争，风云恶劣，大家都把一切罪恶归诸满人，以为只要把满人推倒，国事就有希望了。《新民丛报》《浙江潮》等杂志大受青年界的欢迎，报纸上的社论也大被注意阅读。那时恋爱尚未成为青年间的问题，出路的关心也不如现在的急切（因为读书人本来不大讲究出路），三四朋友聚谈，动辄就把话题移到革命上去，而所谓革命者，内容就只是排满，并没有现在的复杂。见了留学生从日本回来没有辫子，恨不得也去留学，可以把辫子剪去（当时普通人是不许剪辫子的）。见了花翎颜色顶子的官吏，就暗中憎恶，以为这是奴隶的装束。卢梭、罗兰夫人、马志尼等，都因了《新民丛报》的介绍，在我们的心胸里成了令人神往的理想人物。罗兰夫人的"自由，自由！天下几多罪恶假汝之名以行！"已成了摇笔即来的文章的套语了。

我在这样的空气中过了半年中学生活，第二学期又辍学了。这次辍学并非由于拿不出学费，乃是为了要代替父亲坐馆。父亲在一年来已在家授徒了，一则因邻近有许多小孩子要请人教书，二则父亲嫌家里房屋太大，住了太寂寞，于是在家里设起书塾来。来读的是几个族里与邻家的小孩。中途忽然有一位朋友要找父亲去替他帮忙，为了友谊与家计，都非去不可。书馆是不能中途解散的，家里又无男子，很不放心，于是就叫我辍学代庖。功课当然是我所教得来的。学生不多，时间很有余暇，于是一壁教书，一壁仍行自修。家里人颇思叫我永继父职，就长此教书下去。本乡小学校新立，也邀我去充教习，但我总觉得于心不甘。

恰好有一个亲戚的长辈从日本留学法政回来，说日本如何如何地好，求学如何如何地便利。我对于日本留学梦想已久了，听了他的话，心乃愈动。父母并不大反对，只是经费无着，乃遍访亲友借贷，很费力地集了五百元，冒险赴日。

当时赴日留学成为一种风气。东京有一个宏文学院，就是专为中国留学生办的，普通科二年毕业，除教日语外，兼教中学课程。凡想进专门以上的学校的，大概都在那里预备。

我因学费不足两年的用度，乃于最初数月请一日本人专教日文，中途插入宏文学院普通科去。总算我的自修有效，英算各科居然尚能衔接赶上。在那里将毕业的前二三月，东京高等工业学校招考了，我不待毕业就去跨考，结果幸而被录取。当时规定，入了官立专门学校就有官费的，而浙江因人多不能照办。我入高工后快将一年，就领不到官费，家中已为我负债不少，结果乃又不得不中途辍学回国，谋职糊口。我的中学时代就此结束了，那年我二十一岁。

　　总计我的中学时代，经过许多的周折，东补西凑，断续不成片段。我为了修得区区的中学课程，曾经过不少磨难，空费过长期的光阴。这种困苦的经验，当时不但我个人有过，实可谓是一般的情形。现在的中学生在这点上真足羡艳，真是幸福。

从雕花匠到画匠（一八七八——一八八九）[①]

·齐白石

光绪四年（戊寅·一八七八），我十六岁。祖母因为大器作木匠[②]，非但要用很大力气，有时还要爬高上房，怕我干不了。母亲也顾虑到，万一手艺没曾学成，先弄出了一身的病来。她们跟父亲商量，想叫我换一行别的手艺，照顾我的身体，能够轻松点的才好。我把愿意去学小器作的意思，说了出

---

① 选自《白石老人自述》，齐白石口述，张次溪笔录，北京：生活·读书·新知三联书店，2014年4月。

② 木匠的工种大致分为三类：大器作、小器作，以及造船和其他杂器件。大器作主要是修盖房子、立木架、桌椅板凳和种田工具等物；小器作主要是制造小巧精致、带有雕饰花纹的木器和佛像等物；造船和其他杂器件介于大器作和小器作之间，造船要求较高，其他杂器件往往是按特殊要求制作。

来，他们都认为可以，就由父亲打听得有位雕花木匠，名叫周之美的，要领个徒弟。这是好机会，托人去说，一说就成功了。我辞了齐师傅，到周师傅那边去学手艺。

这位周师傅，住在周家洞，离我们家，也不太远，那年他三十八岁。他的雕花手艺，在白石铺一带，是很出名的，他用平刀法雕刻人物，尤其是他的绝技。我跟着他学，他肯耐心地教。说也奇怪，我们师徒二人，真是有缘，处得非常之好。我很佩服他的本领，又喜欢这门手艺，学得很有兴味。他说我聪明，肯用心，觉得我这个徒弟，比任何人都可爱。他是没有儿子，简直把我当作亲生儿子一样地看待。他又常常对人说："我这个徒弟，学成了手艺，一定是我们这一行的能手，我做了一辈子的工，将来面子上沾着些光彩，就靠在他的身上啦！"人家听了他的话，都说周师傅名下有个有出息的好徒弟，后来我出师后，人家都很看得起，这是我师傅提拔我的一番好意，我一辈子都忘不了他的。

光绪五年（己卯·一八七九），我十七岁。六年（庚辰·一八八〇），我十八岁。七年（辛巳·一八八一），我十九岁。照我们小器作的行规，学徒期是三年零一节，我因为在学徒期中，生了一场大病，耽误了不少日子，所以到十九岁的下半年，才满期出师。我生这场大病，是在十七岁那年的秋天，病得非常危险，又吐过几口血，只剩得一口气了。祖母和我父亲，急得没了主意直打转。我母亲恰巧生了我弟纯隽，号叫佑五，正在产期，也急得东西都咽不下口。我妻陈春君，嘴里不好意思说，背地里淌了不少的眼泪。后来请到了一位姓张的大夫，一剂"以寒伏火"的药，吃了下去，立刻就见了效，连服几剂调理的药，病就好了。病好之后，仍到周师傅处学手艺，经过一段较长时间，学会了师傅的平刀法，又琢磨着改进了圆刀法，师傅看我手艺学得很不错，许我出师了。出师是一桩喜事，家里的人都很高兴，祖母跟我父亲母亲商量好，拣了一个好日子，请了几桌客，我和陈春君"圆房"了，从此，我和她才是正式的夫妻。那年我是十九岁，春君是二十岁。

我出师后，仍是跟着周师傅出外做活。雕花工是计件论工的，必须完成了这一件，才能去做那一件。周师傅的好手艺，白石铺附近一百来里的范围内，是没有人不知道的，因此，我的名字，也跟着他，人人都知道了。人家都称我"芝木匠"，当着面，客气些，叫我"芝师傅"。我因家里光景不好，挣到的钱，一个都不敢用掉，完工回了家，就全部交给我母亲。母亲常常笑着说："阿芝能挣钱了，钱虽不多，总比空手好得多。"

那时，我们师徒常去的地方，是陈家垅胡家和竹冲黎家。胡黎两姓，都是有钱的财主人家，他们家里有了婚嫁的事情，男家做床榻，女家做妆奁，件数做得很多，都是由我们师徒去做的。有时师傅不去，就由我一人单独去了。还有我的本家齐伯常的家里，我也是常去的。伯常名叫敦元，是湘潭的一位绅士，我到他家，总在他们稻谷仓前做活，和伯常的儿子公甫相识。论岁数，公甫比我小得多，可是我们很谈得来，成了知己朋友。后来我给他画了一张秋姜馆填词图，题了三首诗，其中一首道：

稻粱仓外见君小，草莽声中并我衰。

放下斧斤作知己，前身应作蠹鱼来。

就是记的这件事。

那时雕花匠所雕的花样，差不多都是千篇一律。祖师传下来的一种花篮形式，更是陈陈相因，人家看得很熟。雕的人物，也无非是些麒麟送子、状元及第等一类东西。我以为这些老一辈的玩意儿，雕来雕去，雕个没完，终究人要看得腻烦的。我就想法换个样子，在花篮上面，加些葡萄石榴桃梅李杏等果子，或牡丹芍药梅兰竹菊等花木。人物从绣像小说的插图里，勾摹出来，都是些历史故事。还搬用平日常画的飞禽走兽，草木虫鱼，加些布景，构成图稿。我运用脑子里所想得到的，造出许多新的花样，雕成之后，果然人都夸奖说好。我高兴极了，益发地大胆创造起来。

那时，我刚出师不久，跟着师傅东跑西转，倒也一天没有闲过。只因年纪还轻，名声不大，挣的钱也就不会太多。家里的光景，比较头二年，略为好些，但因历年积叠的亏空，短时间还弥补不上，仍显得很不宽裕。我妻陈春君一面在家料理家务，一面又在屋边空地，亲手种了许多蔬菜，天天提了木桶，到井边汲水。有时肚子饿得难受，没有东西可吃，就喝点水，算是搪搪饥肠。娘家来人问她："生活得怎样？"她总是说："很好！"不肯露出丝毫穷相。她真是一个挺得起脊梁顾得住面子的人！可是我们家的实情，瞒不过隔壁的邻居们，有一个惯于挑拨是非的邻居女人，曾对春君说过："何必在此吃辛吃苦，凭你这样一个人，还找不到有钱的丈夫？"春君笑着说："有钱的人，会要有夫之妇？我只知命该如此，你也不必为我妄想！"春君就是这样甘熬穷受苦，没有一点怨言的。

光绪八年（壬午・一八八二），我二十岁。仍是肩上背了个木箱，箱里装着雕花匠应用的全套工具，跟着师傅，出去做活。在一个主顾家中，无意间见到一部乾隆年间翻刻的《芥子园画谱》，五彩套印，初二三集，可惜中间短了一本。虽是残缺不全，但从第一笔画起，直到画成全幅，逐步指说，非常切合实用。我仔细看了一遍，才觉着我以前画的东西，实在要不得，画人物，不是头大了，就是脚长了，画花草，不是花肥了，就是叶瘦了，较起真来，似乎都有点小毛病。有了这部画谱，好像是捡到了一件宝贝，就想从头学起，临它个几十遍。

转念又想：书是别人的，不能久借不还，买新的，湘潭没处买，长沙也许有，价码可不知道，怕有也买不起。只有先借到手，用早年勾影雷公像的方法，先勾影下来，再仔细琢磨。

想准了主意，就向主顾家借了来，跟母亲商量，在我挣来的工资里，匀出些钱，买了点薄竹纸和颜料毛笔，在晚上收工回家的时候，用松油柴火为灯，一幅一幅地勾影。足足画了半年，把一部《芥子园画谱》，除了残缺的一本以外，都勾影完了，订成了十六本。从此，我做雕花木活，就用《芥子园画谱》作根据，花样既推陈出新，不是死板板的老一套，画也合乎规格，没有不相匀称的毛病了。

我雕花得来的工资，贴补家用，还是微薄得很。家里缺米少柴的，时常闹着穷。我母亲为了开门七件事，竟天①地愁眉不展。祖母宁可自己饿着肚子，留了东西给我吃。我是个长子，又是出了师学过手艺的人，不另想想办法，实在看不下去。只得在晚上闲暇之时，匀出工夫，凭我一双手，做些小巧玲珑的玩意儿，第二天一清早，送到白石铺街上的杂货店里，许了他们一点利益，托他们替我代卖。我常做的，是一种能装旱烟也能装水烟的烟盒子，用牛角磨光了，配着能活动开关的盖子，用起来很方便，买的人倒也不少。大概两三个晚上，我

---

① 方言，意为整天。

能做成一个，除了给杂货店掌柜二成的经手费以外，每个我还能得到一斗多米的钱。那时，乡里流行的，旱烟吸叶子烟，水烟吸条丝烟。我旱烟水烟，都学会吸了，而吸得有了瘾。我卖掉了自己做的牛角烟盒子，吸烟的钱，就有了着落啦，连烧料烟嘴的旱烟管，和吸水烟用的铜烟袋，都赚了出来。剩余的钱，给了我母亲，多少济一些急，但是还救不了根本的穷，不过聊胜于无而已。

光绪九年（癸未·一八八三），我二十一岁。那年，春君怀了孕，怀的是头一胎。恰巧家里缺柴烧，我们星斗塘老屋，后面是靠着紫云山，她拿了把厨刀，跑到山上去砍松枝。她这时，快要生产了，拖着笨重的身子，上山很费力，就用两手在地上爬着走，总算把柴砍得了，拿回来烧。到了九月，生了个女孩，这是我们的长女，取名菊如，后来嫁给了姓邓的女婿。

我在早先上山砍柴时候，交上一个朋友，名叫左仁满，是白石铺胡家冲的人，离我们家很近。他岁数跟我差不多，我学做木匠那年，他也从师学做篾匠手艺，他出师比我早几个月，现在我们都长大了，他也娶了老婆，有了孩子，我们歇工回来，仍是常常见面，交情倒越交越深。他学成了一手编竹器的好手艺，家庭负担比较轻，生活上比我略微好一些。他是喜欢吹吹弹弹的，能拉胡琴，能吹笛子，能弹琵琶，能打板鼓。还会唱几句花鼓戏，几段小曲儿。我们常在一起玩，他吹弹拉唱，我就画画写字。有时他叫我教他画画，他也教我弹唱。乡里有钱的人，常往城里跑，去找玩儿的，我们是穷孩子出身，闲暇时候，只能做这样不花钱的消遣。我后来喜欢听戏，也会唱几支小曲，都是那时候受了左仁满的影响。

光绪十年（甲申·一八八四），我二十二岁。十一年（乙酉·一八八五），我二十三岁。十二年（丙戌·一八八六），我二十四岁。十三年（丁亥·一八八七），我二十五岁。十四年（戊子·一八八八），我二十六岁。这五年，我仍是做着雕花活为生，有时也还做些烟盒子一类的东西。我自从有了一部自己勾影出来的《芥子园画谱》，翻来覆去地临摹了好几遍，画稿积存了不少。乡里熟识的人知道我会画，常常拿了纸，到我家来请我画。在雕花的主顾家里，雕花活做完以后，也留着我不放我走，请我画的。凡是请我画的，多少都有点报酬，送钱的也有，送礼物的也有。我画画的名声，跟做雕花活的名声，一样地在白石铺传开了去。人家提到了芝木匠，都说是画得挺不错。

我平日常说："说话要说人家听得懂的话，画画要画人家看见过的东西。"我早先画过雷公像，那是小孩子的淘气，闹着玩的，知道了雷公是虚造出来的，就此不画了。但是我画人物，却喜欢画古装，这是《芥子园画谱》里有的，古人确是穿着过这样衣服，看了戏台上唱戏的打扮，我就照它画了出来。

　　我的画在乡里出了点名，来请我画的，大部分是神像功对，每一堂功对，少则四幅，多的有到二十幅的。画的是玉皇、老君、财神、火神、灶君、阎王、龙王、灵官、雷公、电母、雨师、风伯、牛头、马面和四大金刚、哼哈二将之类，这些位神仙圣佛，谁都没见过他们的本来面目。我原是不喜欢画的，因为画成了一幅，他们送我一千来个钱，合银圆块把钱，在那时的价码，不算少了，我为了挣钱吃饭，又却不过乡亲们的面子，只好答应下来，以意为之。有的画成一团和气，有的画成满脸煞气。和气好画，可以采用《芥子园》的笔法；煞气可麻烦了，绝不能都画成雷公似的，只得在熟识的人中间，挑选几位生有异相的人，作为蓝本，画成以后，自己看着，也觉可笑。我在枫林亭上学的时候，有几个同学，生得怪头怪脑的，现在虽说都已长大了，面貌究竟改变不了多少，我就不问他们同意不同意，偷偷地都把他们画上去了。

　　我在二十六岁那年的正月，我母亲生了我六弟纯楚，号叫宝林。我们家乡，把最小的叫作"满"，纯楚是我最小的兄弟，我就叫他满弟。我母亲一共生了我弟兄六人，又生了我三个妹妹，我们家，连同我祖母，我父亲母亲，和春君，我的长女菊如。老老小小，十四口人了。父亲同我二弟纯松下田耕作，我在外边做工，三弟纯藻在一所道士观里给人家烧煮茶饭，别的弟妹，大一些的，也牧牛的牧牛，砍柴的砍柴，倒是没有一个闲着的。祖母已是七十七岁的人，只能在家里看看孩子，做些轻微的事情。春君整天忙着家务，忙里偷闲，养了一群鸡鸭，又种了许多瓜豆蔬菜，有时还帮着我母亲纺纱织布。她夏天纺纱，总是在葡萄架下阴凉的地方，我有时回家，也喜欢在那里写字画画，听了她纺纱的声音，觉得聒耳可厌，后来我常常远游他乡，老来回忆，想听这种声音，已是不可再得。因此我前几年写过一首诗道：

> 山妻笑我负平生，世乱身衰重远行。
> 年少厌闻难再得，葡萄阴下纺纱声。

我母亲纺纱织布，向来是一刻不闲。尤其使她为难的，是全家的生活重担，都由她双肩挑着，天天移东补西，调排用度，把这点微薄的收入，糊住十四张嘴，真够她累心累力的。

三弟纯藻，也是为了糊住自己的嘴，多少还想挣些钱来，贴补家用，急于出外做工，他托了一位远房本家，名叫齐铁珊的，荐到一所道士观中，给他们煮饭打杂。齐铁珊是齐伯常的弟弟，我的好朋友齐公甫的叔叔，他那时正同几个朋友，在道士观内读书。我因为三弟的缘故，常到道士观去闲聊，和铁珊谈得很投机。

我画神像功对，铁珊是知道的，每次见了我面，总是先问我："最近又画了多少？画的是什么？"我做雕花活，他倒不十分关心，他好像专门关心我的画。有一次，他对我说："萧芗陔快到我哥哥伯常家里来画像了，我看你何不拜他为师！画人像，总比画神像好一些。"

我也素知这位萧芗陔的大名，只是没有会见过，听了铁珊这么一说，我倒动了心啦。不多几天，萧芗陔果然到了齐伯常家里来了，我画了一幅李铁拐像，送给他看，并托铁珊、公甫叔侄俩，代我去说，愿意拜他为师。居然一说就合，等他完工回去，我就到他家去，正式拜师。这位萧师傅，名叫传鑫，芗陔是他的号，住在朱亭花钿，离我们家有一百来里地，相当的远。他是纸扎匠出身，自己发愤用功，经书读得烂熟，也会作诗，画像是湘潭第一名手，又会画山水人物。他把拿手本领，都教给了我，我得他的益处不少。他又介绍他的朋友文少可和我相识，也是个画像名手，家住在小花石。这位文少可也很热心，他的得意手法，都端给我看，指点得很明白。我对于文少可，也很佩服，只是没有拜他为师。我认识了他们二位，画像这一项，就算有了门径了。

那年冬天，我到赖家垅衙里去做雕花活。赖家垅离我们家，有四十多里地，路程不算近，晚上就住在主顾家里。赖家垅在佛祖岭的山脚下，那边住的人家，都是姓赖的，衙里是我们家乡的土话，就是聚族而居的意思。我每到晚上，照例要画画的，赖家的灯火，比我家里的松油柴火，光亮得多，我就着灯盏画了几幅花鸟，给赖家的人看见了，都说："芝师傅不是光会画神像功对的，花鸟也画得生动得很。"于是就有人来请我给他女人画鞋头上的花样，预备画好了去绣的。又有人说："我们请寿三爷画个帐檐，往往等了一年半载，还没曾画出来，何不把我们的竹布取回来，就请芝师傅画画呢？"我光知道我们杏子坞有个绅士，名叫马迪轩，号叫少开，他的连襟姓胡，人家都称他寿三爷，听说是竹冲韶塘的人，离赖家垅不过两里多地，他们所说的，大概就是此人。我听了他们的话，当时却并未在意。到了年底，雕花活没有做完，留着明年再做，我就辞别了赖家，回家过年。

光绪十五年（己丑·一八八九），我二十七岁。过了年，我仍到赖家垅去做活。有一天，我正在雕花，赖家的人来叫我，说："寿三爷来了，要见见你！"我想："这有什么事呢？"但又不能不去。见了寿三爷，我照家乡规矩，叫了他一声"三相公"。寿三爷倒也挺客气，对我说："我是常到你们杏子坞去的，你的邻居马家，是我的亲戚，常说起你：人很聪明，又能用功。只因你常在外边做活，从没有见到过，今天在这里遇上了，我也看到你的画了，很可以造就！"又问我："家里有什么人？读过书没有？"还问我："愿不愿再读读书，学学画？"我一一地回答，最后说："读书学画，我是很愿意，只是家里穷，书也读不起，画也学不起。"寿三爷说：
"那怕什么？你要有志气，可以一面读书学画，一面靠卖画养家，也能对付得过去。你如愿意的话，等这里的活做完了，就到我家来谈谈！"我看他对我很诚恳，也就答应了。

这位寿三爷，名叫胡自倬，号叫沁园，又号汉槎。性情很慷慨，喜欢交朋友，收藏了不少名人字画，他自己能写汉隶，会画工笔花鸟草虫，作诗也作得很清丽。他家附近，有个藕花池，他的书房就取名"藕花吟馆"，时常邀集朋友，在内举行诗会，人家把他比作孔北海，说是："座上客常满，樽中酒不空。"他们韶塘胡姓，原是有名的财主，但是寿三爷这一房，因为他提倡风雅，素广交游，景况并不太富裕，可见他的人品，确是很高的。我在赖家垅完工之后，回家说了情形，就到韶塘胡家。那天正是他们诗会的日子，到的人很多。寿三爷听说我到了，很高兴，当天就留我同诗会的朋友们一起吃午饭，并介绍我见了他家延聘的教读老夫子。这位老夫子，名叫陈作埙，号叫少蕃，是上田冲的人，学问很好，湘潭的名士。吃饭的时候，寿三爷又问我："你如愿意读书的话，就拜陈老夫子的门吧！不过你父母知道不知道？"我说："父母倒也愿意叫我听三相公的话，就是穷……"话还没说完，寿三爷拦住了我，说："我不是跟你说过，你就卖画养家！你的画，可以卖出钱来，别担忧！"我说："只怕我岁数大了，来不及。"寿三爷又说："你是读过《三字经》的！苏老泉，二十七，始发愤，读书籍。你今年二十七岁，何不学学苏老泉呢？"陈老夫子也接着说："你如果愿意读书，我不收你的学俸钱。"同席的人都说："读书拜陈老夫子，学画拜寿三爷，拜了这两位老师，还怕不能成名！"我说："三相公栽培我的厚意，我是感激不尽。"寿三爷说："别三相公了！以后就叫我老师吧！"当下，就决定了。吃过了午饭，按照老规矩，先拜了孔夫子，我就拜了胡陈二位，做我的老师。

我拜师之后，就在胡家住下，两位老师商量了一下，给我取了一个名字，单名叫作"璜"，又取了一个号，叫作"濒生"，因为我住家与白石铺相近，又取了个别号，叫作"白石山人"，预备题画所用。少蕃师对我说："你来读书，不比小孩子上蒙馆了，也不是考秀才赶科举的，画画总要会题诗才好，你就去读《唐诗三百首》吧！这部书，雅俗共赏，从浅的说，入门很容易；从深的说，也可以钻研下去。俗话常说，熟读唐诗三百首，不会作诗也会作，这话不是完全没有道理的。诗的一道，本是易学难工，你能专心用功，一定会有成就。常言道：'有志者，事竟成。'又道：'天下无难事，只怕有心人。'天下事的难不难，就看你的有心没心了！"

从那天起，我就读《唐诗三百首》了。我小时候读过《千家诗》，几乎全部都能背出来，读了《唐诗三百首》，上口就好像见到了老朋友，读得很有味。只是我识字不多，有很多生字，不容易记熟，我想起一个笨法子，用同音的字，注在书页下端的后面，温习的时候，一看就认得了。这种法子，我们家乡叫作"白眼字"，初上学的人，常有这么用的。过了两个来月，少蕃师问我："读熟几首了？"我说："差不多都读熟了。"他有些不信，随意抽问了几首，我都一字不遗地背了出来。他说："你的天分，真了不起！"实在说来，是他的教法好，讲了读，读了背，背了写，循序而进，所以读熟一首，就明白一首的意思，这样既不会忘掉，又懂得好处在哪里。《唐诗三百首》读完之后，接着读了《孟子》。少蕃师又叫我在闲暇时，看看《聊斋志异》一类的小说，还时常给我讲讲唐宋八家的古文。我觉得这样的读书，真是人生最大的乐趣了。

我跟陈少蕃老师读书的同时，又跟胡沁园老师学画，学的是工笔花鸟草虫。沁园师常对我说："石要瘦，树要曲，鸟要活，手要熟。立意、布局、用笔、设色，式式要有法度，处处要合规矩，才能画成一幅好画。"他把珍藏的古今名人字画，叫我仔细观摩。又介绍了一位谭荔生，叫我跟他学画山水。这位谭先生，单名一个"溥"字，别号瓮塘居士，是他的朋友。我常常画了画，拿给沁园师看，他都给我题上了诗。他还对我说："你学学作诗吧！光会画，不会作诗，总是美中不足。"那时正是三月天气，藕花吟馆前面，牡丹盛开。沁园师约集诗会同人，赏花赋诗，他也叫我加入。我放大了胆子，作了一首七绝，交了上去，恐怕作得太不像样，给人笑话，心里有些跳动。沁园师看了，却面带笑容，点着头说："作得还不错！有寄托。"说着，又念道："'莫羡牡丹称富贵，却输梨橘有余甘。'这两句不但意思好，十三谭的甘字韵，也押得很稳。"说得很多诗友都围拢上来，大家看了，都说："濒生是有聪明笔路的，别看他根基差，却有性灵。诗有别才，一点儿不错！"

这一炮，居然放响，是我料想不到的。从此，我摸索得了作诗的诀窍，常常作了，向两位老师请教。当时常在一起的，除了姓胡的几个人，其余都是胡家的亲戚，一共有十几个人，只有我一人，不是胡家的亲故。他们倒都跟我处得很好，他们大部分是财主人家的子弟，至济的也是小康之家，比我的家景，总要强上十倍，他们并不嫌我出身寒微，一点没有看不起我的意思，后来都成了我的好朋友。

那年七月十一日，春君生了个男孩，这是我们的长子，取名良元，号叫伯邦，又号子贞。我在胡家，读书学画，有吃有住，心境安适得很，眼界也广阔多了，只是想起了家里的光景，绝不能像在胡家认识的一般朋友的胸无牵挂。干雕花手艺，本是很费事的，每一件总得雕上好多日子，把身子困住了，别的事就不能再做。画画却不一定有什么限制，可以自由自在地，有闲暇就画，没闲暇就罢，画起来，也比雕花省事得多。就觉得沁园所说的"卖画养家"这句话，确实是既方便，又实惠。

那时照相还没盛行，画像这一行手艺，生意是很好的。画像，我们家乡叫作描容，是描画人的容貌的意思。有钱的人，在生前总要画几幅小照玩玩，死了也要画一幅遗容，留作纪念。我从萧芗陔师傅和文少可那里，学会了这行手艺，还没有给人画过，听说画像的收入，比画别的来得多，就想开始干这一行了。沁园师知道我这个意思，到处给我吹嘘，韶塘附近一带的人，都来请我去画，一开始，生意就很不错。每画一个像，他们送我二两银子，价码不算太少，但是有些爱贪小便宜的人，往往在画像之外，叫我给他们女眷画些帐檐、袖套、鞋样之类。甚至叫我画幅中堂，画堂屏条，算是白饶。好在这些东西，我随便画上几笔，倒也并不十分费事。我们湘潭风俗，新丧之家，妇女们穿的孝衣，都把袖头翻起，画上些花样，算作装饰。这种零碎玩意儿，更是画遗容时必须附带着画的，我也总是照办了。后来我又琢磨出一种精细画法，能够在画像的纱衣里面，透现出袍褂上的团龙花纹，人家都说，这是我的一项绝技。人家叫我画细的，送我四两银子，从此就作为定例。我觉得画像挣的钱，比雕花多，而且还省事，因此，我就扔掉了斧锯钻凿一类家伙，改了行，专做画匠了。

北京的春节①

· 老舍

按照北京的老规矩，过农历的新年（春节），差不多在腊月的初旬就开头了。"腊七腊八，冻死寒鸦"，这是一年里最冷的时候。可是，到了严冬，不久便是春天，所以人们并不因为寒冷而减少过年与迎春的热情。在腊八那天，人家里，寺观里，都熬腊八粥。这种特制的粥是祭祖祭神的，可是细一想，它倒是农业社会的一种自傲的表现——这种粥是用所有的各种的米，各种的豆，与各种的干果（杏仁、核桃仁、瓜子、荔枝肉、莲子、花生米、葡萄干、菱角米……）熬成的。这不是粥，而是小型的农业展览会。

腊八这天还要泡腊八蒜。把蒜瓣在这天放到高醋里，封

---

① 选自《老舍散文》，老舍著，北京：人民文学出版社，2014年1月。

起来，为过年吃饺子用的。到年底，蒜泡得色如翡翠，而醋也有了些辣味，色味双美，使人要多吃几个饺子。在北京，过年时，家家吃饺子。

从腊八起，铺户中就加紧地上年货，街上加多了货摊子——卖春联的、卖年画的、卖蜜供①的、卖水仙花的等等都是只在这一季节才会出现的。这些赶年的摊子都教儿童们的心跳得特别快一些。在胡同里，吆喝的声音也比平时更多更复杂起来，其中也有仅在腊月才出现的，像卖宪书的、松枝的、薏仁米的、年糕的等等。

在有皇帝的时候，学童们到腊月十九日就不上学了，放年假一月。儿童们准备过年，差不多第一件事是买杂拌儿。这是用各种干果（花生、胶枣、榛子、栗子等）与蜜饯掺和成的，普通的带皮，高级的没有皮——例如：普通的用带皮的榛子，高级的用榛瓤儿。儿童们喜吃这些零七八碎儿，即使没有饺子吃，也必须买杂拌儿。他们的第二件大事是买爆竹，特别是男孩子们。恐怕第三件事才是买玩意儿——风筝、空竹、口琴等——和年画儿。

儿童们忙乱，大人们也紧张。他们须预备过年吃的使的喝的一切。他们也必须给儿童赶快做新鞋新衣，好在新年时显出

①　旧时供神佛用的糖食。

万象更新的气象。

二十三日过小年，差不多就是过新年的"彩排"。在旧社会里，这天晚上家家祭灶王，从一擦黑儿鞭炮就响起来，随着炮声把灶王的纸像焚化，美其名叫送灶王上天。在前几天，街上就有多少多少卖麦芽糖与江米糖的，糖形或为长方块或为大小瓜形。按旧日的说法：用糖粘住灶王的嘴，他到了天上就不会向玉皇报告家庭中的坏事了。现在，还有卖糖的，但是只由大家享用，并不再粘灶王的嘴了。

过了二十三，大家就更忙起来，新年眨眼就到了啊。在除夕以前，家家必须把春联贴好，必须大扫除一次，名曰扫房。必须把肉、鸡、鱼、青菜、年糕什么的都预备充足，至少足够吃用一个星期的——按老习惯，铺户多数关五天门，到正月初六才开张。假若不预备下几天的吃食，临时不容易补充。还有，旧社会里的老妈妈论，讲究在除夕把一切该切出来的东西都切出来，省得在正月初一到初五再动刀，动刀剪是不吉利的。这含有迷信的意思，不过它也表现了我们确是爱和平的人，在一岁之首连切菜刀都不愿动一动。

除夕真热闹。家家赶做年菜，到处是酒肉的香味。老少男女都穿起新衣，门外贴好红红的对联，屋里贴好各色的年画，哪一家都灯火通宵，不许间断，炮声日夜不绝。在外边做事的人，除非万不得已，必定赶回家来，吃团圆饭，祭祖。这一夜，除了很小的孩子，没有什么人睡觉，而都要守岁。

元旦的光景与除夕截然不同：除夕，街上挤满了人；元旦，铺户都上着板子，门前堆着昨夜燃放的爆竹纸皮，全城都在休息。

男人们在午前就出动，到亲戚家，朋友家去拜年。女人们在家中接待客人。同时，城内城外有许多寺院开放，任人游览，小贩们在庙外摆摊，卖茶、食品和各种玩具。北城外的大钟寺、西城外的白云观、南城的火神庙（厂甸）是最有名的。可是，开庙最初的两三天，并不十分热闹，因为人们还正忙着彼此贺年，无暇及此。到了初五六，庙会开始风光起来，小孩们特别热心去逛，为的是到城外看看野景，可以骑毛驴，还能买到那些新年特有的玩具。白云观外的广场上有赛轿车赛马的；在老年间，据说还有赛骆驼的。这些比赛并不争取谁第一谁第二，而是在观众面前表演骡马与骑者的美好姿态与技能。

多数的铺户在初六开张，又放鞭炮，从天亮到清早，全城的炮声不绝。虽然开了张，可是除了卖吃食与其他重要日用品的铺子，大家并不很忙，铺中的伙计们还可以轮流着去逛庙、逛天桥和听戏。

元宵（汤圆）上市，新年的高潮到了——元宵节（从正月十三到十七）。除夕是热闹的，可是没有月光；元宵节呢，恰好是明月当空。元旦是体面的，家家门前贴着鲜红的春联，人们穿着新衣裳，可是它还不够美。元宵节，处处悬灯结彩，整条的大街像是办喜事，火炽而美丽。有名的老铺都要挂出几百盏灯来，有的一律是玻璃的，有的清一色是牛角的，有的都是纱灯；有的各形各色，有的通通彩绘全部《红楼梦》或《水浒传》故事。这，在当年，也就是一种广告；灯一悬起，任何人都可以进到铺中参观；晚间灯中都点上烛，观者就更多。这广告可不庸俗。干果店在灯节还要做一批杂拌儿生意，所以每每独出心裁的，制成各样的冰灯，或用麦苗做成一两条碧绿的长龙，把顾客招来。

除了悬灯，广场上还放花合。在城隍庙里并且燃起火判，火舌由判官的泥像的口、耳、鼻、眼中伸吐出来。公园里放起天灯，像巨星似的飞到天空。

男男女女都出来踏月、看灯、看焰火；街上的人拥挤不动。在旧社会里，女人们轻易不出门，她们可以在灯节里得到些自由。

小孩子们买各种花炮燃放，即使不跑到街上去淘气，在家中照样能有声有光地玩耍。家中也有灯：走马灯——原始的电影——宫灯、各形各色的纸灯，还有纱灯，里面有小铃，到时候就叮叮地响。大家还必须吃汤圆呀。这的确是美好快乐的日子。

一眨眼，到了残灯末庙，学生该去上学，大人又去照常做事，新年在正月十九结束了。腊月和正月，在农村社会里正是大家最闲在的时候，而猪牛羊等也正长成，所以大家要杀猪宰羊，酬劳一年的辛苦；过了灯节，天气转暖，大家就又去忙着干活了。北京虽是城市，可是它也跟着农村社会一齐过年，而且过得分外热闹。

在旧社会里，过年是与迷信分不开的。腊八粥，关东糖，除夕的饺子，都须先去供佛，而后人们再享用。除夕要接神；大年初二要祭财神，吃元宝汤（馄饨），而且有的人要到财神庙去借纸元宝，抢烧头股香。正月初八要给老人们顺星、祈寿。因此那时候最大的一笔浪费是买香蜡纸马的钱。现在，大家都不迷信了，也就省下这笔开销，用到有用的地方去。特别值得提到的是现在的儿童只快活地过年，而不受那迷信的熏染，他们只有快乐，而没有恐惧——怕神怕鬼。也许，现在过年没有以前那么热闹了，可是多么清醒健康呢。以前，人们过年是托神鬼的庇佑，现在是大家劳动终岁，大家也应当快乐地过节。

辑三

斯人若彩虹，遇上方知有

　　人的生命会忽然泯灭，而纯挚无私的友情却长远坚固永在，且无疑能持久延续，能发展扩大。

友情 [1]

· 沈从文

　　一九八〇年十一月，我初次在美国哥伦比亚大学一个小型的演讲会讲话后，就向一位教授打听在哥大教中文多年的老友王际真先生的情况，很想去看看他。际真曾主持哥大中文系达二十年，那个系的基础，原是由他奠定的。即以《红楼梦》一书研究而言，他就是把这部十八世纪中国著名小说节译本介绍给美国读者的第一人。人家告诉我，他已退休二十年了，独自一人住在大学附近一个退休教授公寓三楼中。后来又听另外人说，他的妻不幸早逝，因此人很孤僻，长年把自己关在寓所楼上，既极少出门见人，也从不接受任何人的拜访，是个古怪

---

① 选自《湘行散记：精装纪念版》，沈从文著，南京：江苏人民出版社，2022年12月。

老人。

我和际真认识，是在一九二八年。那年他由美返国，将回山东探亲，路过上海，由徐志摩先生介绍我们认识的。此后曾继续通信。我每次出了新书，就给他寄一本去。我不识英语，当时寄信用的信封，全部是他写好由美国寄我的。一九二九年到一九三一年间，我和一个朋友生活上遭到意外困难时，还前后得到他不少帮助。际真长我六七岁，我们一别五十余年，真想看看这位老大哥，同他叙叙半世纪隔离彼此不同的情况。因此回到新港我姨妹家不久，就给他写了个信，说我这次到美国，很希望见到几个多年不见的旧友，如邓嗣禹、房兆楹和他本人。准备去纽约专诚拜访。

回信说，在报上已见到我来美消息。目前彼此都老了，丑了，为保有过去年轻时节印象，不见面还好些。果然有些古怪。但我想，际真长期过着极端孤寂的生活，是不是有一般人难于理解的隐衷？且一般人所谓"怪"，或许倒正是目下认为活得"健康正常人"中业已消失无余的稀有难得的品质。

虽然回信像并不乐意和我们见面，我们——兆和、充和、傅汉思和我，曾两次电话相约两度按时到他家拜访。

第一次一到他家，兆和、充和即刻就在厨房忙起来了。尽管他连连声称厨房不许外人插手，还是为他把一切洗得干干净净。到把我们带来的午饭安排上桌时，他却承认做得很好。他已经八十五六岁了，身体精神看来还不错。我们随便谈下去，谈得很愉快。他仍然保有山东人那种爽直淳厚气质。使我惊讶的是，他竟忽然从抽屉里取出我的两本旧作，《鸭子》和《神巫之爱》！那是我二十年代中早期习作，《鸭子》还是我出的第一个综合性集子。这两本早年旧作，不仅北京上海旧书店已多年绝迹，连香港翻印本也不曾见到。书已经破旧不堪，封面脱落了，由于年代过久，书页变黄了、脆了，翻动时，碎片碎屑直往下掉。可是，能在万里之外的美国，见到自己早年不成熟不像样子的作品，还被一个古怪老人保存到现在，这是难以理解的，这感情是深刻动人的！

谈了一会儿，他忽然又从什么地方取出一束信来，那是我在一九二八到一九三一年写给他的。翻阅这些五十年前的旧信，它们把我带回到二十年代末期那段岁月里，令人十分怅惘。其中一页最最简短的，便是这封我向他报告志摩遇难的信：

际真：

志摩十一月十九日十一点三十五分乘飞机撞死于济南附近"开山"。飞机随即焚烧，故二司机成焦炭。志摩衣已尽焚去，全身颜色尚如生人，头部一大洞，左臂折断，左腿折碎，照情形看来，当系飞机坠地前人即已毙命。二十一此间接到电后，二十二我赶到济南，见其破碎遗骸，停于一小庙中。时尚有梁思成等从北平赶来，张嘉铸从上海赶来，郭有守从南京赶来。二十二晚棺木运南京转上海，或者尚葬他家乡。我现在刚从济南回来，时一九三一年十一月二十三早晨。

那是我从济南刚刚回青岛，即刻给他写的。志摩先生是我们友谊的桥梁，纵然是痛剜人心的噩耗，我不能不及时告诉他。

如今这个才气横溢、光芒四射的诗人辞世整整有了五十年。当时一切情形，保留在我印象中还极其清楚。

那时我正在青岛大学中文系教点书。十一月二十一日下午，文学院几个比较相熟的朋友，正在校长杨振声先生家吃茶谈天，忽然接到北平一个急电。电中只说志摩在济南不幸遇难，北平、南京、上海亲友某某将于二十二日在济南齐鲁大学朱经农校长处会齐。电报来得过于突兀，人人无不感到惊愕。我当时表示，想搭夜车去济南看看，大家认为很好。第二天一早车抵济南，我赶到齐鲁大学，由北平赶来的张奚若、金岳霖、梁思成诸先生也刚好到达。过不多久又见到上海来的张嘉铸先生和穿了一身孝服的志摩先生的长子，以及从南京来的张慰慈、郭有守两先生。

随即听到受上海方面嘱托为志摩先生料理丧事的陈先生谈遇难经过，才明白出事地点叫"开山"，本地人叫"白马山"。山高不过一百米。京浦车从山下经过，有个小站可不停车。飞机是每天飞行的邮航班机，平时不售客票，但后舱邮包间空处，有特别票仍可带一人。那日由南京起飞时气候正常，因济南附近大雾迷途，无从下降，在市空盘旋移时，最后撞在白马山半斜坡上起火焚烧。消息到达南京邮航总局，才知道志摩先生正在机上。灵柩暂停城里一个小庙中。

早饭后，大家就去城里偏街瞻看志摩先生遗容。那天正值落雨，雨渐落渐大，到达小庙时，附近地面已全是泥浆。原来这停灵小庙，已成为个出售日用陶器的堆店。院坪中分门别类搁满了大大小小的缸、罐、砂锅和土碗，堆叠得高可齐人。庙里面也满是较小的坛坛罐罐。棺木停放在入门左侧贴墙处，像是临时腾出来的一点空间，只容三五人在棺边周旋。

志摩先生已换上济南市面所能得到的一套上等寿衣：戴了顶瓜皮小帽，穿了件浅蓝色绸袍，外加个黑纱马褂，脚下是一双粉底黑色云头如意寿字鞋。遗容见不出痛苦痕迹，如平常熟睡时情形，十分安详。致命伤显然是飞机触山那一刹那间促成的。从北京来的朋友，带来个用铁树叶编成径尺大小花圈，如古希腊雕刻中常见的式样，一望而知必出于志摩先生生前好友思成夫妇之手。把花圈安置在棺盖上，朋友们不禁想到，平时生龙活虎般、天真纯厚、才华惊世的一代诗人，竟真如"为天所忌"，和拜伦、雪莱命运相似，仅只在人世间活了三十多个年头，就突然在一次偶然事故中与世长辞！志摩穿了这么一身与平时性情爱好全然不相称的衣服，独自静悄悄躺在小庙一角，让檐前点点滴滴愁人的雨声相伴，看到这种凄清寂寞景象，在场亲友忍不住人人热泪盈眶。

我是个从小遭受至亲好友突然死亡比许多人更多的人，经受过多种多样城里人从来想象不到的噩梦般生活考验，我照例从一种沉默中接受现实。当时年龄不到三十岁，生命中像有种青春火焰在燃烧，工作时从不知道什么疲倦。志摩先生突然的死亡，深一层体验到生命的脆弱倏忽，自然使我感到分外沉重。觉得相熟不过五六年的志摩先生，对我工作的鼓励和赞赏所产生的深刻作用，再无一个别的师友能够代替，因此当时显得格外沉默，始终不说一句话。后来也从不写过什么带感情的悼念文章。只希望把他对我的一切好意热忱，反映到今后工作中，成为一个永久牢靠的支柱，在任何困难情况下，都不灰心丧气。对人对事的态度，也能把志摩先生为人的热忱坦白和平等待人的稀有好处，加以转化扩大到各方面去，形成长远持久的影响。因为我深深相信，在任何一种社会中，这种对人坦白无私的关心友情，都能产生良好作用，从而鼓舞人抵抗困难，克服困难，具有向上向前意义的。我近五十年的工作，从不断探索中所得的点滴进展，显然无例外都可说是这些朋友纯厚真挚友情光辉的反映。

　　人的生命会忽然泯灭，而纯挚无私的友情却长远坚固永在，且无疑能持久延续，能发展扩大。

记梁任公先生的一次演讲 ①

· 梁实秋

　　梁任公先生晚年不谈政治，专心学术。大约在一九二一年，清华学校请他作第一次演讲，题目是《中国韵文里表现的情感》。我很幸运地有机会听到这一篇动人的演讲。那时候的青年学子，对梁任公先生怀着无限的景仰，倒不是因为他是戊戌政变的主角，也不是因为他是云南起义的策划者，实在是因为他的学术文章对于青年确有启迪领导的作用。过去也有不少显宦，以及叱咤风云的人物，莅校讲话，但是他们没有能留下深刻的印象。

　　任公先生的这一篇讲演稿，后来收在《饮冰室文集》里。

---

① 选自《梁实秋散文》，梁实秋著，北京：人民文学出版社，2013年11月。

他的讲演是预先写好的，整整齐齐地写在宽大的宣纸制的稿纸上面，他的书法很是秀丽，用浓墨写在宣纸上，十分美观。但是读他这篇文章和听他这篇讲演，那趣味相差很多，犹之乎读剧本与看戏之迥乎不同。

我记得清清楚楚，在一个风和日丽的下午，高等科楼上大教堂里坐满了听众，随后走进了一位短小精悍秃头顶宽下巴的人物，穿着肥大的长袍，步履稳健，风神潇洒，左右顾盼，光芒四射，这就是梁任公先生。

他走上讲台，打开他的讲稿，眼光向下面一扫，然后是他的极简短的开场白，一共只有两句，头一句是："启超没有什么学问——"眼睛向上一翻，轻轻点一下头："可是也有一点喽！"这样谦逊同时又这样自负的话是很难得听到的。他的广东官话是很够标准的，距离国语甚远，但是他的声音沉着而有力，有时又是洪亮而激亢，所以我们还是能听懂他的每一字，我们甚至想如果他说标准国语其效果可能反要差一些。

我记得他开头讲一首古诗《箜篌引》：

公无渡河，

公竟渡河！

渡河而死，

其奈公何！

这四句十六字，经他一朗诵，再经他一解释，活画出一出悲剧，其中有起承转合，有情节，有背景，有人物，有情感。我在听先生这篇讲演后约二十余年，偶然获得机缘在茅津渡候船渡河。但见黄沙弥漫，黄流滚滚，景象苍茫，不禁哀从中来，顿时忆起先生讲的这首古诗。

先生博闻强记，在笔写的讲稿之外，随时引证许多作品，大部分他都能背诵得出。有时候，他背诵到酣畅处，忽然记不起下文，他便用手指敲打他的秃头，敲几下之后，记忆力便又畅通，成本大套地背诵下去了。他敲头的时候，我们屏息以待；他记起来的时候，我们也跟着他欢喜。

先生的讲演，到紧张处，便成为表演。他真是手之舞之足之蹈之，有时掩面，有时顿足，有时狂笑，有时叹息。听他讲到他最喜爱的《桃花扇》，讲到"高皇帝，在九天，不管……"那一段，他悲从中来，竟痛哭流涕而不能自已。他掏出手巾拭泪，听讲的人不知有几多也泪下沾巾了！又听他讲杜氏讲到"剑外忽传收蓟北，初闻涕泪满衣裳……"，先生又真是于涕泗交流之中张口大笑了。

这一篇讲演分三次讲完，每次讲过，先生大汗淋漓，状极愉快。听过这讲演的人，除了当时所受的感动之外，不少人从此对于中国文学发生了强烈的爱好。先生尝自谓"笔锋常带情感"，其实先生在言谈讲演之中所带的情感不知要强烈多少倍！

有学问，有文采，有热心肠的学者，求之当世能有几人？于是我想起了从前的一段经历，笔而记之。

金岳霖先生 [1]

· 汪曾祺

西南联大有许多很有趣的教授，金岳霖先生是其中的一位。金先生是我的老师沈从文先生的好朋友。沈先生当面和背后都称他为"老金"。大概时常来往的熟朋友都这样称呼他。关于金先生的事，有一些是沈先生告诉我的。我在《沈从文先生在西南联大》一文中提到过金先生。有些事情在那篇文章里没有写进，觉得还应该写一写。

金先生的样子有点怪。他常年戴着一顶呢帽，进教室也不脱下。每一学年开始，给新的一班学生上课，他的第一句话总是："我的眼睛有毛病，不能摘帽子，并不是对你们不尊重，

---

[1] 选自《汪曾祺全集5·散文卷》，汪曾祺著，徐强主编，北京：人民文学出版社，2021年1月。

请原谅。"他的眼睛有什么病，我不知道，只知道怕阳光。因
此他的呢帽的前檐压得比较低，脑袋总是微微地仰着。他后来
配了一副眼镜，这副眼镜一只的镜片是白的，一只是黑的，这
就更怪了。后来在美国讲学期间把眼睛治好了——好一些，眼
镜也换了，但那微微仰着脑袋的姿态一直还没有改变。他身材
相当高大，经常穿一件烟草黄色的麂皮夹克，天冷了就在里面
围一条很长的驼色的羊绒围巾。联大的教授穿衣服是各色各样
的。闻一多先生有一阵穿一件式样过时的灰色旧夹袍，是一个
亲戚送给他的，领子很高，袖口极窄。联大有一次在龙云的长
子、蒋介石的干儿子龙绳武家里开校友会——龙云的长媳是清
华校友，闻先生在会上大骂："蒋介石，王八蛋！混蛋！"那
天穿的就是这件高领窄袖的旧夹袍。朱自清先生有一阵披着一
件云南赶马人穿的蓝色毡子的一口钟。除了体育教员，教授里
穿夹克的，好像只有金先生一个人。他的眼神即使是到美国治
了后也还是不大好，走起路来有点深一脚浅一脚。他就这样穿
着黄夹克，微仰着脑袋，深一脚浅一脚地在联大新校舍的一条
土路上走着。

　　金先生教逻辑。逻辑是西南联大规定文学院一年级学生
的必修课，班上学生很多，上课在大教室，坐得满满的。在中
学里没有听说有逻辑这门学问，大一的学生对这课很有兴趣。
金先生上课有时要提问，那么多的学生，他不能都叫得上名字

来——联大是没有点名册的，他有时一上课就宣布："今天，穿红毛衣的女同学回答问题。"于是所有穿红衣的女同学就都有点紧张，又有点兴奋。那时联大女生在蓝阴丹士林旗袍外面套一件红毛衣成了一种风气。——穿蓝毛衣、黄毛衣的极少。问题回答得流利清楚，也是件出风头的事。金先生很注意地听着，完了，说："Yes[①]！请坐！"

学生也可以提出问题，请金先生解答。学生提的问题深浅不一，金先生有问必答，很耐心。有一个华侨同学叫林国达，操广东普通话，最爱提问题，问题大都奇奇怪怪。他大概觉得逻辑这门学问是挺"玄"的，应该提点怪问题。有一次他又站起来提了一个怪问题，金先生想了一想，说："林国达同学，我问你一个问题：'Mr. 林国达is perpenticular to the blackboard（林国达君垂直于黑板）'这是什么意思？"林国达傻了。林国达当然无法垂直黑板，但这句话在逻辑上没有错误。

林国达游泳淹死了。金先生上课，说："林国达死了，很不幸。"这一堂课，金先生一直没有笑容。

有一个同学，大概是陈蕴珍，即萧珊，曾问过金先生："您为什么要搞逻辑？"逻辑课的前一半讲三段论，大前提、

---

① 意为对、回答正确。

小前提、结论、周延、不周延、归纳、演绎……还比较有意思。后半部全是符号，简直像高等数学。她的意思是：这种学问多么枯燥！金先生的回答是："我觉得它很好玩。"

除了文学院大一学生必修逻辑，金先生还开了一门"符号逻辑"，是选修课。这门学问对我来说简直是天书。选这门课的人很少，教室里只有几个人。学生里最突出的是王浩。金先生讲着讲着，有时会停下来，问："王浩，你以为如何？"这堂课就成了他们师生二人的对话。王浩现在在美国。前些年写了一篇关于金先生的较长的文章，大概是论金先生之学的，我没有见到。

王浩和我是相当熟的。他有个要好的朋友王景鹤，和我同在昆明黄土坡一个中学教学，王浩常来玩。来了，常打篮球。大都是吃了午饭就打。王浩管吃了饭就打球叫"练盲肠"。王浩的相貌颇"土"，脑袋很大，剪了一个光头——联大同学剪光头的很少，说话带山东口音。他现在成了洋人——美籍华人，国际知名的学者，我实在想象不出他现在是什么样子。前年他回国讲学，托一个同学要我给他画一张画。我给他画了几个青头菌、牛肝菌，一根大葱，两头蒜，还有一块很大的宣威火腿。——火腿是很少入画的。我在画上题了几句话，有一句是"以慰王浩异国乡情"。王浩的学问，原来是师承金先生的。一个人一生哪怕只教出一个好学生，也值得了。当然，金先生的好学生不止一个人。

金先生是研究哲学的，但是他看了很多小说。从普鲁斯特到福尔摩斯，都看。听说他很爱看平江不肖生的《江湖奇侠传》。有几个联大同学住在金鸡巷，陈蕴珍、王树藏、刘北汜、施载宣（萧荻）。楼上有一间小客厅。沈先生有时拉一个熟人去给少数爱好文学、写写东西的同学讲一点什么。金先生有一次也被拉了去。他讲的题目是《小说和哲学》。题目是沈先生给他出的。大家以为金先生一定会讲出一番道理。不料金先生讲了半天，结论却是：小说和哲学没有关系。有人问："那么《红楼梦》呢？"金先生说："《红楼梦》里的哲学不是哲学。"他讲着讲着，忽然停下来："对不起，我这里有个小动物。"他把右手伸进后脖颈，捉出了一个跳蚤，捏在手指里看看，甚为得意。

金先生是个单身汉（联大教授里不少光棍，杨振声先生曾写过一篇游戏文章《释鳏》，在教授间传阅），无儿无女，但是过得自得其乐。他养了一只很大的斗鸡（云南出斗鸡）。这只斗鸡能把脖子伸上来，和金先生一个桌子吃饭。他到处搜罗大梨、大石榴，拿去和别的教授的孩子比赛。比输了，就把梨或石榴送给他的小朋友，他再去买。

金先生朋友很多，除了哲学家的教授外，时常来往的，据我所知，有梁思成、林徽因夫妇，沈从文，张奚若……君子之交淡如水，坐定之后，清茶一杯，闲话片刻而已。金先生对林徽因的谈吐才华，十分欣赏。现在的年轻人多不知道林徽因。她是学建筑的，但是对文学的趣味极高，精于鉴赏，所写的诗和小说如《窗子以外》《九十九度中》风格清新，一时无二。林徽因死后，有一年，金先生在北京饭店请了一次客，老朋友收到通知，都纳闷：老金为什么请客？到了之后，金先生才宣布："今天是徽因的生日。"

金先生晚年深居简出。毛主席曾经对他说："你要接触接触社会。"金先生已经八十岁了，怎么接触社会呢？他就和一个蹬平板三轮车的约好，每天蹬着他到王府井一带转一大圈。我想象金先生坐在平板三轮上东张西望，那情景一定非常有趣。王府井人挤人，熙熙攘攘，谁也不会知道这位东张西望的老人是一位一肚子学问、为人天真、热爱生活的大哲学家。

金先生治学精深，而著作不多。除了一本大学丛书里的《逻辑》，我所知道的，还有一本《论道》。其余还有什么，我不清楚，须问王浩。

我对金先生所知甚少。希望熟知金先生的人把金先生好好写一写。

联大的许多教授都应该有人好好地写一写。

回忆鲁迅（节选）[①]

·郁达夫

和鲁迅第一次的相见，不知是在哪一年哪一月哪一日——
我对于时日地点，以及人的姓名之类的记忆力，异常地薄弱，
人非要遇见至五六次以上，才能将一个人的名氏和一个人的面
貌连合起来，记在心里——但地方却记得是在北平西城的砖塔
儿胡同一间坐南朝北的小四合房子里。因为记得那一天天气
很阴沉，所以一定是在我去北平，入北京大学教书的那一年冬
天，时间仿佛是在下午的三四点钟。若说起那一年的大事情
来，却又有史可稽了，就是曹锟贿选成功，做大总统的那一个
冬天。

[①] 选自《郁达夫散文》，郁达夫著，北京：人民文学出版社，2016年
8月。

　　去看鲁迅，也不知是为了什么事情。他住的那一间房子，我却记得很清楚，是在那两座砖塔的东北面，正当胡同正中的地方，一个四丈宽的小院子，院子里长着四株枣树。大门朝北，而住屋——三间上房——却朝正南，是杭州人所说的倒骑龙式的房子。

　　那时候，鲁迅还在教育部里当佥事，同时也在北京大学里教小说史略。我们谈的话，已经记不起来了，但只记得谈了些北大的教员中间的闲话，和学生的习气之类。

　　他的脸色很青，胡子是那时候已经有了；衣服穿得很单薄，而身材又矮小，所以看起来像是一个和他的年龄不大相称的样子。

　　他的绍兴口音，比一般绍兴人所发的来得柔和，笑声非常之清脆，而笑时眼角上的几条小皱纹，却很是可爱。

　　房间里的陈设，简单得很，散置在桌上。书橱上的书籍，也并不多，但却十分的整洁。桌上没有洋墨水和钢笔，只有一方砚瓦，上面盖着一个红木的盖子。笔筒是没有的，水池却像一个小古董，大约是从头发胡同的小市上买来的无疑。

　　他送我出门的时候，天色已经晚了，北风吹得很大；门口临别的时候，他不晓说了一句什么笑话，我记得一个人在走回寓舍来的路上，因回忆着他的那一句，满面还带着了笑容。

同一个来访我的学生，谈起了鲁迅。他说："鲁迅虽在冬天，也不穿棉裤，是抑制性欲的意思。他和他的旧式的夫人是不要好的。"因此，我就想起了那天去访问他时，来开门的那一位清秀的中年妇人。她人亦矮小，缠足梳头，完全是一个典型的绍兴太太。

数年前，鲁迅在上海，我和映霞去北戴河避暑回到了北平的时候，映霞曾因好奇之故，硬逼我上鲁迅自己造的那一所西城象鼻胡同后面西三条的小房子里，去看过这中年的妇人。她现在还和鲁迅的老母住在那里，但不知她们在强暴的邻人管制下的生活也过得惯不？

那时候，我住在阜成门内巡捕厅胡同的老宅里。时常来往的，是住在东城禄米仓的张凤举、徐耀辰两位，以及沈尹默、沈兼士、沈士远的三昆仲；不时也常和周作人氏、钱玄同氏、胡适之氏、马幼渔氏等相遇，或在北大的休息室里，或在公共宴会的席上。这些同事，都是鲁迅的崇拜者，而对于鲁迅的古怪脾气，都当作一件似乎是历史上的轶事在谈论。

在我与鲁迅相见不久之后，周氏兄弟反目的消息，从禄米仓的张、徐二位那里听到了。原因很复杂，而旁人终于也不明白是究竟为了什么。但终鲁迅的一生，他与周作人氏，竟没有和解的机会。

本来，鲁迅与周作人氏哥儿俩，是住在八道湾的那一所大房子里的。这一所大房子，系鲁迅在几年前，将他们绍兴的祖屋卖了，与周作人在八道湾买的；买了之后，加以修缮，他们弟兄和老太太就统在那里住了。俄国的那位盲诗人爱罗先珂寄住的，也就是这一所八道湾的房子。

后来鲁迅和周作人氏闹了，所以他就搬了出来。所住的，大约就是砖塔胡同的那一间小四合了。所以，我见到他的时候，正在他们的口角之后不久的期间。

据凤举他们判断，以为他们弟兄间的不睦，完全是两人的误解。周作人氏的那位日本夫人，甚至说鲁迅对她有失敬之处。但鲁迅有时候对我说："我对启明，总老规劝他的，教他用钱应该节省一点。我们不得不想想将来，但他对于经济，总是进一个花一个的，尤其是他那一位夫人。"从这些地方，会合起来，大约他们反目的真因，也可以猜度到一二成了。不过凡是认识鲁迅，认识启明及他的夫人的人，都晓得他们三个人，完全是好人；鲁迅虽则也痛骂过正人君子，但据我所知的他们三人来说，则只有他们才是真正的正人君子。现在颇有些人，说周作人已做了汉奸，但我却始终仍是怀疑。所以，全国文艺作者协会致周作人的那一封公开信，最后的决定，也是由我改削过的；我总以为周作人先生，与那些甘心卖国的人，是不能作一样的看法的。

这时候的教育部，薪水只发到二成三成，公事是大家不办的，所以，鲁迅很有工夫教书，编讲义，写文章。他的短文，大抵是由孙伏园氏拿去，在《晨报副刊》上发表；教书是除北大外，还兼任着师大。

有一次，在鲁迅那里闲坐，接到了一个来催开会的通知，我问他忙吗？他说，忙倒也不忙，但是同唱戏的一样，每天总得到处去扮一扮。上讲台的时候，就得扮教授，到教育部去也非得扮官不可。

他说虽则这样地说，但做到无论什么事情时，却总肯负完全的责任。

至于说到唱戏呢，在北平虽则住了那么久，可是他终于没有爱听京戏的癖性。他对于唱戏听戏的经验，始终只限于绍兴的社戏、高腔、乱弹、目连戏等，最多也只听到了徽班。阿Q所唱的那句"手执钢鞭将你打"，就是乱弹班《龙虎斗》里的句子，是赵玄坛唱的。

对于目连戏，他却有特别的嗜好，他有好几次同我说，这戏里的穿插，实在有许许多多的幽默味。他曾经举出不少的实例，说到一个借了鞋袜靴子去赴宴会的人，到了人来向他索还，只剩一件大衫在身上的时候，这一位老兄就装作肚皮痛，以两手按着腹部，口叫着我肚皮痛杀哉，将身体伏矮了些，于是长衫就盖到了脚部以遮掩过去的一段，他还照样地做出来给我们看过。说这一段话时，我记得《月夜》的著者，川岛兄也在座上，我们曾经大笑过的。

后来在上海，我有一次谈到了予倩、田汉诸君想改良京剧，来作宣传的话，他根本就不赞成。并且很幽默地说，以京剧来宣传救国，那就是"我们救国啊啊啊啊了，这行吗？"

孙伏园氏在晨报社，为了鲁迅的一篇挖苦人的恋爱的诗，与刘勉己氏闹翻了脸。鲁迅的学生李小峰就与伏园联合起来，出了《语丝》。投稿者除上述的诸位之外，还有林语堂氏、在国外的刘半农氏，以及徐旭生氏等。但是周氏兄弟，却是《语丝》的中心。而每次语丝社中人叙会吃饭的时候，鲁迅总不出席，因为不愿与周作人氏遇到的缘故。因此，在这一两年中，鲁迅在社交界，始终没有露一露脸。无论什么人请客，他总不肯出席；他自己哩，除了和一二人去小吃之外，也绝对地不大规模（或正式）地请客。这脾气，直到他去厦门大学以后，才稍稍改变了些。

鲁迅的对于后进的提拔，可以说是无微不至。《语丝》发刊以后，有些新人的稿子，差不多都是鲁迅推荐的。他对于高长虹他们的一集团，对于沉钟社的几位，对于未名社的诸子，都一例地在为说项。就是对于沈从文氏，虽则已有人在孙伏园去后的《晨报副刊》上在替吹嘘了，他也时时提到，唯恐诸编辑的埋没了他。还有当时在北大念书的王品青氏，也是他所属望的青年之一。

敬悼许地山先生 ①

· 老舍

　　地山是我的最好的朋友。以他的对种种学问好知喜问的态度，以他的对生活各方面感到的趣味，以他的对朋友的提携辅导的热诚，以他的对金钱利益的淡薄，他绝不像个短寿的人。每逢当我看见他的笑脸，握住他的柔软而戴着一个翡翠戒指的手，或听到他滔滔不断地讲说学问或故事的时候，我总会感到他必能活到八九十岁，而且相信若活到八九十岁，他必定还能像年轻的时候那样有说有笑，还能那样说干什么就干什么，永不驳回朋友的要求，或给朋友一点难堪。

　　地山竟自会死了——才将快到五十的边儿上吧。

　　他是我的好友。可是，我对于他的身世知道得并不十分详

---

① 选自《老舍散文》，老舍著，北京：人民文学出版社，2014年1月。

细。不错，他确是告诉过我许多关于他自己的事情；可是，大部分都被我忘掉了。一来是我的记性不好；二来是当我初次看见他的时候，我就觉得"这是个朋友"，不必细问他什么；即使他原来是个强盗，我也只看他可爱；我只知道面前是个可爱的人，就是一点也不晓得他的历史，也没有任何关系！况且，我还深信他会活到八九十岁呢。让他讲那些有趣的故事吧，让他说些对种种学术的心得与研究方法吧；至于他自己的历史，忙什么呢？等他老年的时候再说给我听，也还不迟啊！

可是，他已经死了！

我知道他是福建人。他的父亲做过台湾的知府——说不定他就生在台湾。他有一位舅父，是个很有才而后来做了不十分规矩的和尚的。由这位舅父，他大概自幼就接近了佛说，读过不少的佛经。还许因为这位舅父的关系，他曾在仰光一带住过，给了他不少后来写小说的资料。他的妻早已死去，留下一个小女孩。他手上的翡翠戒指就是为纪念他的亡妻的。从英国回到北平，他续了弦。这位太太姓周，我曾在北平和青岛见到过。

以上这一点：事实恐怕还有说得不十分正确的地方，我的记性实在太坏了！记得我到牛津去访他的时候，他告诉了我为什么老戴着那个翡翠戒指；同时，他说了许许多多关于他的舅父的事。是的，清清楚楚地我记得他由述说这位舅父而谈到禅宗的长短，因为他老人家便是禅宗的和尚。可是，除了这一点，我把好些极有趣的事全忘得一干二净；后悔没把它们都笔记下来！

我认识地山，是在二十年前了。那时候，我的工作不多，所以常到一个教会去帮忙，做些"社会服务"的事情。地山不但常到那里去，而且有时候住在那里，因此我认识了他。我呢，只是个中学毕业生，什么学识也没有。可是地山在那时候已经在燕大毕业而留校教书，大家都说他是个很有学问的青年。初一认识他，我几乎不敢希望能与他为友，他是有学问的人哪！可是，他有学问而没有架子，他爱说笑话，村的雅的都有；他同我去吃八个铜板十只的水饺，一边吃一边说，不一定说什么，但总说得有趣。我不再怕他了。虽然不晓得他有多大的学问，可是的确知道他是个极天真可爱的人了。一来二去，我试着步去问他一些书本上的事。我生怕他不肯告诉我，因为我知道有些学者是有这样脾气的：他可以和你交往，不管你是怎样的人；但是一提到学问，他就不肯开口了；不是他不肯把学问白白送给人，便是不屑于与一个没学问的人谈学问——他的神态表示出来，跟你来往已是降格相从，至于学问之事，哈哈……但是，地山绝对不是这样的人。他愿意把他所知道的告诉人，正如同他愿给人讲故事。他不因为我向他请教而轻视我，而且也并不板起面孔表示他有学问。和谈笑话似的，他知道什么便告诉我什么，没有矜持，没有厌倦，教我佩服他的学识，而仍认他为好友。学问并没有毁坏了他的为人，像那些气焰千丈的"学者"那样，他对我如此，对别人也如此；在认识他的人中，我没有听到过背地里指摘他，说他不够个朋友的。

不错，朋友们也有时候背地里讲究他；谁能没有些毛病呢。可是，地山的毛病只使朋友们又气又笑的那一种，绝无损于他的人格。他不爱写信。你给他十封信，他也未见得答复一次；偶尔回答你一封，也只是几个奇形怪状的字，写在一张随手拾来的破纸上。我管他的字叫作鸡爪体，真是难看。这也许是他不愿写信的原因之一吧？另一毛病是不守时刻。口头的或书面的通知，何时开会或何时集齐，对他绝不发生作用。只要他在图书馆中坐下，或和友人谈起来，就不用再希望他还能看看钟表。所以，你设若不亲自拉他去赴会就约，那就是你的过错；他是永远不记着时刻的。

一九二四年初秋，我到了伦敦，地山已先我数日来到。他是在美国得了硕士学位，再到牛津继续研究他的比较宗教学的；还未开学，所以先在伦敦住几天，我和他住在了一处。他正用一本中国小商店里用的粗纸账本写小说。那时节，我对文艺还没有发生什么兴趣，所以就没大注意他写的是哪一篇。几天的工夫，他带着我到城里城外玩耍，把伦敦看了一个大概。地山喜欢历史，对宗教有多年的研究，对古生物学有浓厚的兴趣。由他领着逛伦敦，是多么有趣、有益的事呢！同时，他绝对不是"月亮也是外国的好"的那种留学生。说真的，他有时候过火地厌恶外国人。因为要批判英国人，他甚至于连英国人有礼貌，守秩序，和什么喝汤不准出响声，都看成愚蠢可笑的事。因此，我一到伦敦，就借着他的眼睛看到那古城的许多宝物，也看到它那阴暗的一方面，而不至糊糊涂涂地断定伦敦的月亮比北平的好了。

不久，他到牛津去入学。暑假寒假中，他必到伦敦来玩几天。"玩"这个字，在这里，用得很妥当，又不很妥当。当他遇到朋友的时候，他就忘了自己：朋友们说怎样，他总不驳回。"去到东伦敦买黄花木耳，大家做些中国饭吃？""好！""去逛动物园？""好！""玩扑克牌？""好！"他似乎永远没有忧郁，永远不会说"不"。不过，最好还是请他闲扯。据我所知道的，除各种宗教的研究而外，他还研究人学、民俗学、文学、考古学；他认识古代钱币，能鉴别古画，学过梵文与巴利文。请他闲扯，他就能——举个例说——由男女恋爱扯到中古的禁欲主义，再扯到原始时代的男女关系。他的故事多，书本上的佐证也丰富。他的话一会儿低降到贩夫走卒的俗野，一会儿高飞到学者的深刻高明。他谈一整天并无倦容，大家听一天也不感疲倦。

不过，你不要让他独自溜出去。他独自出去，不是到博物院，必是入图书馆。一进去，他就忘了出来。有一次，在上午八九点钟，我在东方学院的图书馆楼上发现了他。到吃午饭的时候，我去唤他，他不动。一直到下午五点，他才出来，还是因为图书馆已到关门的时间的缘故。找到了我，他不住地喊"饿"，是啊，他已饿了十点钟。在这种时节，"玩"字是用不得的。

牛津不承认他的美国的硕士学位，所以他须花二年的时光再考硕士。他的论文是《法华经》的介绍，在预备这本论文的时候，他还写了一篇相当长的文章，在世界基督教大会（？）上去宣读。这篇文章的内容是介绍道教。在一般的浮浅传教师心里，中国的佛教与道教不过是与非洲黑人或美洲红人所信的原始宗教差不多。地山这篇文章使他们闻所未闻，而且得到不少宗教学学者的称赞。

他得到牛津的硕士。假若他能继续住二年，他必能得到文学博士——最荣誉的学位。论文是不成问题的，他能于很短的期间预备好。但是，他必须再住二年；校规如此，不能变更。他没有住下去的钱，朋友们也不能帮助他。他只好以硕士为满意，而离开英国。

在他离英以前，我已试写小说。我没有一点自信心，而他又没工夫替我看看。我只能抓着机会给他朗读一两段。听过了几段，他说："可以，往下写吧！"这，增多了我的勇气。他的文艺意见，在那时候，仿佛是偏重于风格与情调；他自己的作品都多少有些传奇的气息，他所喜爱的作品也差不多都是浪漫派的。他的家世，他的在南洋的经验，他的旧文学的修养，他的喜研究学问而又不忍放弃文艺的态度，和他自己的生活方式，我想，大概都使他倾向着浪漫主义。

单说他的生活方式吧。我不相信他有什么宗教的信仰，虽然他对宗教有深刻的研究，可是，我也不敢说宗教对他完全没有影响。他的言谈举止都像个诗人。假若把"诗人"按照世俗的解释从他的生活中发展起来，他就应当有很古怪奇特的行动与行为。但是，他并没做过什么怪事。他明明知道某某人对他不起，或是知道某某人的毛病，他仍然是一团和气，以朋友相待。他不会发脾气。在他的嘴里，有时候是乱扯一阵，可是他的私生活是很严肃的，他既是诗人，又是"俗"人。为了读书，他可以忘了吃饭。但一讲到吃饭，他却又不惜花钱。他并不孤高自赏。对于衣食住行他都有自己的主张，可是假若别人喜欢，他也不便固执己见。他能过很苦的日子。在我初认识他的几年中，他的饭食与衣服都是极简单朴俭。他结婚后，我到北平去看他，他的住屋、衣服都相当讲究了。也许是为了家庭间的和美，他不便于坚持己见吧。虽然由破夏布褂子换为整齐的绫罗大衫，他的脱口而出的笑话与戏谑还完全是他，一点也没改。穿什么，吃什么，他仿佛都能随遇而安，无所不可。在这里和在其他的好多地方，他似乎受佛教的影响较基督教的为多，虽然他是在神学系毕业，而且也常去做礼拜。他像个禅宗的居士，而绝不能成为一个清教徒。

不但亲戚朋友能影响他，就是不相识而偶然接触的人也能临时地左右他。有一次，我在"家"里，他到伦敦城里去干些什么。日落时，他回来了，进门便笑，而且不住地摸他的刚刚刮过的脸。我莫名其妙。他又笑了一阵。"教理发匠挣去两镑多！"我吃了一惊。那时候，在伦敦理发普通是八个便士，理发带刮脸也不过是一个先令，"怎能花两镑多呢？"原来是理发匠问他什么，他便答应什么，于是用香油香水洗了头，电气刮了脸，还不得用两镑多吗？他绝想不起那样打扮自己，但是理发匠的钱罐是不能驳回的！

自从他到香港大学任事，我们没有会过面，也没有通过信；我知道他不喜欢写信，所以也就不写给他。抗战后，为了香港文协分会的事，我不能不写信给他了，仍然没有回信。可是，我准知道，信虽没来，事情可是必定办了。果然，从分会的报告和友人的函件中，我晓得了他是极热心会务的一员。我不能希望他按时回答我的信，可是我深信他必对分会卖力气，他是个极随便而又极不随便的人，我知道。

我自己没有学问，不能妥切地道出地山在学术上的成就何如。我只知道，他极用功，读书很多，这就值得钦佩，值得效法。对文艺，我没有什么高明的见解，所以不敢批评地山的作品。但是我晓得，他向来没有争过稿费，或恶意地批评过谁。这一点，不但使他能在香港文协分会以老大哥的身份德望去推动会务，而且在全国文艺界的团结上也有重大的作用。

是的，地山的死是学术界文艺界的极重大的损失！至于谈到他与我私人的关系，我只有落泪了；他既是我的"师"，又是我的好友！

啊，地山！你记得给我开的那张"佛学入门必读书"的单子吗？你用功，也希望我用功；可是那张单子上的六十几部书，到如今我一部也没有读啊！

你记得给我打电报，叫我到济南车站去接周校长[指许地山夫人的妹妹。]吗？多么有趣的电报啊！知道我不认识她，所以你教她穿了黑色旗袍，而电文是："×日×时到站接黑衫女！"当我和妻接到黑衫女的时候，我们都笑得闭不上口啊。朋友，你托友好做一件事，都是那样有风趣啊！啊，昔日的趣事都变成今日的泪源。你怎可以死呢！

不能再往下写了……

纪念志摩去世四周年 ①

· 林徽因

　　今天是你走脱这世界的四周年！朋友，我们这次拿什么来纪念你？前两次的用香花感伤地围上你的照片，抑住嗓子底下的叹息和悲哽，朋友和朋友无聊地对望着，完成一种纪念的形式，俨然是愚蠢的失败。因为那时那种近于伤感，而又不够宗教庄严的举动，除却点明了你和我们中间的距离，生和死的间隔外，实在没有别的成效；几乎完全不能达到任何真实纪念的意义。

　　去年今日我意外地由浙南路过你的家乡，在昏沉的夜色里我独立火车门外，凝望着那幽暗的站台，默默地回忆许多不相

---

① 选自《林徽因诗文集》，林徽因著，南京：译林出版社，2011年
　7月。

连续的过往残片，直到生和死间居然幻成一片模糊，人生和火车似的蜿蜒一串疑问在苍茫间奔驰。我想起你的：

> 火车禽住轨，在黑夜里奔
>
> 过山，过水，过……

如果那时候我的眼泪曾不自主地溢出睫外，我知道你定会原谅我的。你应当相信我不会向悲哀投降，什么时候我都相信倔强的忠于生的，即使人生如你底下所说：

> 就凭那精窄的两道，算是轨，
>
> 驮着这份重，梦一般的累坠！

就在那时候我记得火车慢慢地由站台拖出，一程一程地前进，我也随着酸怆的诗意，那"车的呻吟""过荒野，过池塘……过噤口的村庄"，到了第二站——我的一半家乡。

今年又轮到今天这一个日子！世界仍旧一团糟，多少地方是黑云布满着粗筋络往理想的反面猛进，我并不在瞎说，当我写：

> 信仰只一细炷香，

那点子亮再经不起西风

沙沙地隔着梧桐树吹

　　朋友，你自己说，如果是你现在坐在我这位子上，迎着这一窗太阳：眼看着菊花影在墙上描画作态；手臂下倚着两叠今早的报纸；耳朵里不时隐隐地听着朝阳门外"打靶"的枪弹声；意识的，潜意识的，要明白这生和死的谜，你又该写成怎样一首诗来，纪念一个死别的朋友？

　　此时，我却是完全的一个糊涂！习惯上我说，每桩事都像是造物的意旨，归根都是运命，但我明知道每桩事都有我们自己的影子在里面烙印着！我也知道每一个日子是多少机缘巧合凑拢来拼成的图案，但我也疑问其间的摆布谁是主宰。据我看来：死是悲剧的一章，生则更是一场悲剧的主干！我们这一群剧中的角色自身性格与性格矛盾；理智与情感两不相容；理想与现实当面冲突，侧面或反面激成悲哀。日子一天一天向前转，昨日和昨日堆垒起来混成一片不可避脱的背景，做成我们周遭的墙壁或气氛，那么结实又那么缥缈，使我们每一人站在每一天的每一个时候里都是那么主要，又是那么渺小无能为力！

　　此刻我几乎找不出一句话来说，因为，真的，我只是个完全的糊涂；感到生和死一样的不可解，不可懂。

　　但是我却要告诉你，虽然四年了你脱离去我们这共同活动的世界，本身停掉参加牵引事体变迁的主力，可是谁也不能否认，你仍立在我们烟涛渺茫的背景里，间接地是一种力量，尤其是在文艺创造的努力和信仰方面。间接地你任凭自然的音韵、颜色，不时的风轻月白，人的无定律的一切情感，悠断悠续地仍然在我们中间继续着生，仍然与我们共同交织着这生的纠纷，继续着生的理想。你并不离我们太远。你的身影永远挂在这里那里，同你生前一样的飘忽，爱在人家不经意时苣止，带来勇气的笑声也总是那么嘹亮，还有，还有经过你热情或焦心苦吟的那些诗，一首一首仍串着许多人的心旋转。

　　说到你的诗，朋友，我正要正经地同你再说一些话。你不要不耐烦。这话迟早我们总要说清的。人说盖棺论定，前者早已成了事实，这后者在这四年中，说来叫人难受，我还未曾读到一篇中肯或诚实的论评，虽然对你的赞美和攻讦由你去世后一两周间，就纷纷开始了。但是他们每人手里拿的都不像纯文艺的天平；有的喜欢你的为人，有的疑问你私人的道德；有的单单尊崇你诗中所表现的思想哲学，有的仅喜爱那些软弱的细致的句子，有的每发议论必须牵涉到你的个人生活之合乎规矩方圆，或断言你是轻薄，或引证你是浮奢豪侈！朋友，我知道你从不介意过这些，许多人的浅陋老实或刻薄处你早就领略过一堆，你不止未曾生过气，并且常常表现怜悯同原谅；你的心情永远是那么洁净；头老抬得那么高；胸中老是那么完整的诚挚；臂上老有那么许多不折不挠的勇气。但是现在的情形与以前却稍稍不同，你自己既已不在这里，做你朋友的，眼看着你被误解、曲解，乃至于谩骂，有时真忍不住替你不平。

但你可别误会我心眼儿窄，把不相干的看成重要，我也知道误解曲解谩骂，都是不相干的，但是朋友，我们谁都需要有人了解我们的时候，真了解了我们，即使是痛下针砭，骂着了我们的弱处错处，那整个的我们却因而更增添了意义，一个作家文艺的总成绩更需要一种就文论文，就艺术论艺术的和平判断。

你在《猛虎集》"序"中说"世界上再没有比写诗更惨的事"，你却并未说明为什么写诗是一桩惨事，现在让我来个注脚好不好？我看一个人一生为着一个愚诚的倾向，把所感受到的复杂的情绪尝味到的生活，放到自己的理想和信仰的锅炉里烧炼成几句悠扬铿锵的语言（哪怕是几声小唱），来满足他自己本能的艺术的冲动，这本来是个极寻常的事。哪一个地方哪一个时代，都不断有这种人。轮着做这种人的多半是为着他情感来得比寻常人浓富敏锐，而为着这情感而发生的冲动更是非实际的——或不全是实际的——追求，而需要那种艺术的满足而已。说起来写诗的人的动机多么简单可怜，正是如你"序"里所说"我们都是受支配的善良的生灵"！虽然有些诗人因为他们的成绩特别高厚广阔包括了多数人，或整个时代的艺术和思想的冲动，从此便在人间披上神秘的光圈，使"诗人"两字无形中挂着崇高的色彩。这样使一般努力于用韵文表现或描画人在自然万物相交错时的情绪思想的，便被人的成见看作夸大狂的旗帜，需要同时代人的极冷酷的讥讪和不信任来扑灭它，以挽救人类的尊严和健康。

我承认写诗是惨淡经营，孤立在人中挣扎的勾当，但是因为我知道太清楚了，你在这上面单纯的信仰和诚恳的尝试，为同业者奋斗，卫护他们的情感的愚诚，称扬他们艺术的创造，自己从未曾求过虚荣，我觉得你始终是很逍遥舒畅的。如你自己所说"满头血水"，你"仍不曾低头"，你自己相信"一点性灵还在那里挣扎""还想在实际生活的重重压迫下透出一些声响来"。

简单地说，朋友，你这写诗的动机是坦白而不由自主的，你写诗的态度是诚实、勇敢而倔强的。这在讨论你诗的时候，谁都先得明了的。

至于你诗的技巧问题、艺术上的造诣，在这新诗仍在彷徨歧路的尝试期间，谁也不能坚决地论断，不过有一桩事我很想提醒现在讨论新诗的人，新诗之由于无条件无形制宽泛到几乎没有一定的定义时代，转入这讨论外形内容，以至于音节韵脚章句意象组织等艺术技巧问题的时期，即是根据着对这方面努力尝试过的那一些诗，你的头两个诗集子就是供给这些讨论见解最多材料的根据。外国的土话说"马总得放在马车的前面"不是？没有一些尝试的成绩放在那里，理论家是不能老在那里发一堆空头支票的，不是？

你自己一向不止在那里倔强地尝试用功，你还会用尽你所有活泼的热心鼓励别人尝试，鼓励"时代"起来尝试——这种工作是最犯风头嫌疑的，也只有你胆子大头皮硬顶得下来！我还记得你要印诗集子时，我替你捏一把汗，老实说还替你在有文采的老前辈中间难为情过，我也记得我初听到人家找你办《晨报副刊》时我的焦急，但你居然板起个脸抓起两把鼓槌子为文艺吹打开路乃至于扫地，铺鲜花，不顾旧势力的非难，新势力的怀疑，你干你的事，"事在人为，做了再说"那股子劲，以后别处也还很少见。

现在你走了，这些事渐渐在人的记忆中模糊下来，你的诗和文章也散漫在各小本集子里，压在有极新鲜的封皮的新书后面，谁说起你来，不是马马虎虎地承认你是过去中一个势力，就是拿能够挑剔看轻你的诗为本事（散文人家很少提到，或许"散文家"没有诗人那么光荣，不值得注意），朋友，这是没法子的事，我却一点不为此灰心，因为我有我的信仰。

我认为我们这写诗的动机既如前面所说那么简单愚诚；因在某一时，或某一刻敏锐地接触到生活上的锋芒，或偶然地触遇到理想峰巅上云彩星霞，不由得不在我们所习惯的语言中，编缀出一两串近于音乐的句子来，慰藉自己，解放自己，去追求超实际的真实，读诗者的反应一定有一大半也和我们这写诗的一样诚实天真，仅想在我们句子中间由音乐性的愉悦，接触到一些生活的底蕴渗合着美丽的憧憬；把我们的情绪给他们的情绪搭起一座浮桥；把我们的灵感，给他们生活添些新鲜；把我们的痛苦伤心再揉成他们自己忧郁的安慰！

我们的作品会不会再长存下去，就看它们会不会活在那一些我们从来不认识的人，我们作品的读者，散在各时、各处互相不认识的孤单的人的心里的，这种事它自己有自己的定律，并不需要我们的关心的。你的诗据我所知道的，它们仍旧在这里浮沉流落，你的影子也就浓淡参差地系在那些诗句中，另一端印在许多不相识人的心里。朋友，你不要过于看轻这种间接的生存，许多热情的人他们会为着你的存在，而加增了生的意识的。伤心的仅是那些你最亲热的朋友们和同兴趣的努力者，你不在他们中间的事实，将要永远是个不能填补的空虚。

你走后大家就提议要为你设立一个"志摩奖金"来继续你鼓励人家努力诗文的素志，勉强象征你那种对于文艺创造拥护的热心，使不及认得你的青年人永远对你保存着亲热。如果这事你不觉到太寒碜不够热气，我希望你原谅你这些朋友们的苦心，在冥冥之中笑着给我们勇气来做这一些蠢诚的事吧。

永在的温情 [①]

——纪念鲁迅先生

· 郑振铎

十月十九日下午五点钟，我在一家编译所一位朋友的桌上，偶然拿起了一份刚送来的Evening Post[②]，被这样的一个标题：

"中国的高尔基今晨五时去世"惊骇得一跳。连忙读了下来，这惊骇变成了事实：果然是鲁迅先生去世了！

这消息像闷雷似的，当头打了下来，呆坐在那里不言不动。

---

① 选自《郑振铎散文》，郑振铎著，乔继堂主编，鄢晓霞选编，上海：上海科学技术文献出版社，2012年10月。

② 英文，意为晚报。

谁想得到这可怕的噩耗竟这样地突然地来呢？

鲁迅先生病得很久了；间歇地发着热，但热度并不甚高。一年以来，始终不曾好好地恢复过；但也从不曾好好地休息过。半年以来，情形尤显得不好。缠绵在病榻上者总有三四个月。朋友们都劝他转地疗养。他自己也有此意。前一个月，听说他要到日本去。但茅盾告诉我，双十节那一天还遇见他在Isis①看Dobrousky②；中国木刻画展览会，他也曾去参观。总以为他是渐渐的复原了，能够出来走走了。谁又想得到这可怕的噩耗竟这样突然地来呢？

刚在前几天，他还有信给我，说起一部书出版的事；还附带地说，想早日看见《十竹斋笺谱》的刻成。我还没有来得及写回信。

谁想得到这可怕的噩耗竟这样地突然地来呢？

我一夜不曾好好地安心地睡。

第二天赶到万国殡仪馆，站在他遗像的面前，久久地走不开。再一看，他的遗体正在像下，在鲜花的包围里。面貌还是那么清癯而带些严肃，但双眼却永远地闭上了！

---

① 即上海大戏院。

② 《复仇艳遇》，根据普希金小说《杜布罗夫斯基》改编的俄罗斯影片。

我要哭出来，大声地哭，但我那时竟流不出眼泪，泪水为悲戚所灼干了。我站在那里，久久走不开。我竟不相信，他竟是那样突然地便离我们而远远地向不可知的所在而去了。

但他的友谊的温情却是永在的，永在我的心上——也永在他的一切友人的心上，我相信。

初和他见面时，总以为他是严肃的冷酷的。他的瘦削的脸上，轻易不见笑容。他的谈吐迟缓而有力。渐渐地谈下去，在那里面，你便可以发现其可爱的真挚、热情的鼓励与亲切的友谊。他虽不笑，他的话却能引你笑。和他的兄弟启明先生一样，他是最可谈、最能谈的朋友，你可以坐在他客厅里，他那间书室（兼卧室）里，坐上半天，不觉得一点拘束，一点不舒服。什么话都谈。但他的话头却总是那么有力。他的见解往往总是那么正确。你有什么怀疑、不安，由于他的几句话也许便可以解决你的问题，鼓起你的勇气。

失去了这样的一位温情的朋友，就个人讲，将是怎样的一个损失呢？

他最勤于写作，也最鼓励人写作。他会不惮烦地几天几夜地在替一位不认识的青年，或一位不深交的朋友，改削创作，校正译稿。其仔细和小心远过于一位私塾的教师。

他曾和我谈起一件事；有一位不相识的青年寄一篇稿子来请求他改。他仔仔细细地改了寄回去。那青年却写信来骂他一顿，说被改涂得太多了。第二次又寄一篇稿子来，他又替他改了寄回去。这一次的回信，却责备他改得太少。

"现在做事真难极了！"他慨叹地说道。对于人的不易对付，和做事之难，他这几年来时时地深切地感到。

但他并不灰心，仍然地在做着吃力不讨好的改削创作、校正译稿的事，挣扎着病躯，深夜里，仔仔细细地为不相识的青年或不深交的朋友在工作。

这样的温情的指导者和朋友，一旦失去了，将怎样地令人感到不可补赎之痛呢？

他所最恨的是那些专说风凉话而不肯切实地做事的人：会批评，但不工作；会讥嘲，但不动手；会傲慢自夸，但永远拿不出东西来。像那样的人物，他是不客气地要摈之门外，永不相往来的。所谓无诗的诗人，不写文章的文人，他都深诛痛恶地在责骂。

他常感到"工作"的来不及做，特别是在最近一二年，凡做一件事，都总要快快地做。

"迟了恐怕要来不及了。"这句话他常在说。

那样的清楚的心境，我们都是同样地深切地感到的。想不到他自己真的便是那么快的便逝去，还留下要做的许多事没有来得及做——但，后死者却要继续他的事业下去的！

我和他第一次的相见是在同爱罗先珂到北平去的时候。

　　他着了一件黑色的夹外套，戴着黑色呢帽，陪着爱罗先珂到女师大的大礼堂里去。我们匆匆地谈了几句话。因为自己不久便回到南边来，在北平竟不曾再见一次面。

　　后来，他自己说，他那件黑色的夹外套，到如今还有时着在身上。

　　我编《小说月报》的时候，曾不时地通信向他要些稿子。除了说起稿子的事，别的话也没有什么。

　　最早使我笼罩在他温热的友情之下的，是一次讨论到"三言"问题的信。

　　我在上海研究中国小说，完全像盲人骑瞎马，乱闯乱摸，一点凭借都没有，只是节省着日用，以浅浅的薪入购书，而即以所购入之零零落落的破书，作为研究的资源。那时候实在贫乏得，肤浅得可笑，偶尔得到一部原版的《隋唐演义》却以为是了不得的奇遇，至于"三言"之类的书，却是连梦魂里也不曾读到。

　　他的《中国小说史略》的出版，减少了许多我在暗中摸索之苦。我有一次写信问他《醒世恒言》《警世通言》及《喻世明言》的事，他的回信很快地便来了，附来的是他抄录的一张《醒世恒言》的全目——这张目录我至今还保全在我的一部《中国小说史略》里。他说，《喻世》《警世》，他也没有见到。《醒世恒言》他只有半部。但有一位朋友那里藏有全书。

所以他便借了来，抄下目录寄给我。

当时，我对于这个有力的帮助，说不出应该怎样的感激才好。这目录供给了我好几次的应用。

后来，我很想看看《西湖二集》（那部书在上海是永远不会见到的），又写信问他有没有此书。不料随了回信同时递到的却是一包厚厚的包裹。打开了看时，却是半部明末版的《西湖二集》，附有全图。我那时实在眼光小得可怜，几曾见过几部明版附插图的平话集？见了这《西湖二集》为之狂喜！而他的信道，他现在不弄中国小说，这书留在手边无用，送了给我吧。这贵重的礼物，从一个只见一面的不深交的朋友那里来，这感动是至今跃跃在心头的。

我生平从没有意外的获得。我的所藏的书，一部部都是很辛苦地设法购得的；购书的钱，都是中夜灯下疾书的所得或减衣缩食的所余。一部部书都可看出我自己的夏日的汗，冬夜的凄栗，有红丝的睡眼，右手执笔处的指端的硬茧和酸痛的右臂。但只有这一集可宝贵的书，乃是我书库里唯一的友情的赠与。——只有这一部书！

现在这部《西湖二集》也还堆在我最宝爱的几十部明版书的中间，看了它便要泫然泪下。这可爱的直率的真挚的友情，这不意中的难得的帮助，如今是不能再有了！

但我心头的温情是永在的！——这温情也永在他的一切友

人的心上，我相信。

"九一八"以后，他到过北平一趟，得到青年人最大的热烈的欢迎。但过了几天，便悄悄地走了。他原是去探望他母亲的病去的。我竟来不及去看他。

但那一年寒假的时候，我回到上海，到他寓所时，他便和我谈起在北平的所获。

"木刻画如今是末路了，但还保存在笺纸上。不过，也难说，保全得不会久。"他深思地说道。

他搬出不少的彩色笺纸，来给我看，都是在北平时所购得的。

"要有人把一家家南纸店所出的笺纸，搜罗了一下，用好纸刷印个几十部，作为笺谱，倒是一件好事。"他说道。

过了一会儿，他又道："这要住在北平的人方能做事。我在这里不能做这事。"

我心里很跃动，正想说："那么，我来做吧。"而他慢吞吞地续说道："你倒可以做，要是费些工作，倒可以做。"

我立刻便将这责任担负了下来，但说明搜辑而得的笺纸，由他负选择之责。我相信他的选择要比我高明得多。

以后，我一包一包地将购得的笺样送到上海，经他选择后，再一包一包地寄回。

中间，我曾因事把这工作停顿了二三个月。他来信说："这事我们得赶快做，否则，要来不及做，或轮不到我们做。"

在他的督促和鼓励之下，那六巨册的美丽的《北平笺谱》方才得以告成。

有一次，我到上海来，带回了亡友王孝慈先生所藏的《十竹斋笺谱》四册，顺便地送到他家里给他看。

这部谱，刻得极精致，是明末版画里最高的收获。但刻成的年月是崇祯十六年①的夏天，所以流传得极少。

"这部书似也不妨翻刻一下。"我提议道。那时，我为《北平笺谱》的成功所鼓励，勇气有余。

"好的，好的，不过要赶快做！"他道。

想不到全部要翻刻，工程浩大无比，所耗也不赀，几乎不是我们的力量所及。第一册已出版了，第二册也刻好待印；而鲁迅先生却等不及见到第三册以下的刻成了！

对于美好的东西，似乎他都喜爱。我曾经有过一个意思，要集合六朝造像及墓志的花纹刻为一书。但他早已注意及此了。他告诉我说，他所藏的六朝造像的拓本也不少，如今还在陆续地买。

他是最能分别得出美与丑、永远的不朽与急就的草率的。

———————————

① 1643年。

　　除了以朽腐为神奇，而沾沾自喜，向青年们施以毒害的宣传之外，他对于古代的遗产，决不歧视，反而抱着过分的喜爱。

　　他曾经告诉过我，他并不反对袁中郎；中郎是十分方巾气的，这在他文集里便可见。他所厌弃，所斥责的乃是只见中郎的一面，而恣意鼓吹着的人物。

　　京平刚从鲁迅先生那里得到最大的鼓励。他感激得几乎哭出来。但想不到鲁迅竟这样地突然地过去了！

　　第三天，我在万国殡仪馆门口遇见他；他的嘴唇在颤动，眼圈在红。

　　从万国公墓归来后，他给我一封信道："我心已经分裂。我从到达公墓时，就失去了约束自己的力量，一直到墓石封合了！我竟痛哭失声。先生，这是我平生第一痛苦的事了，他匆匆地瞥了我一眼，就去了——"

　　但他并没有去。他的温情永在我的心头——也永在他的一切友人的心上，我相信。

辑四

与独处相安，与万事言和

寂寞是一种清福。我在小小的书斋里，焚起一炉香，袅袅的一缕烟线笔直地上升，一直戳到顶棚，好像屋里的空气是绝对的静止，我的呼吸都没有搅动出一点儿波澜似的。

闲居 [1]

· 丰子恺

　　闲居，在生活上人都说是不幸的，但在情趣上我觉得是最快适的了。假如国民政府新定一条法律："闲居必须整天禁锢在自己的房间里"，我也不愿出去干事，宁可闲居而被禁锢。

　　在房间里很可以自由取乐，如果把房间当作一幅画看的时候，其布置就如画的"置陈"了。譬如书房，主人的座位为全局的主眼，犹之一幅画中的middle point[2]，须居全幅中最重要的地位。其他自书架、几、椅、藤床、火炉、壁饰、自鸣钟，以至痰盂、纸篓等，各以主眼为中心而布置，使全局的焦点集

---

① 选自《丰子恺散文》，丰子恺著，北京：人民文学出版社，2013年11月。

② 意为中心点。

中于主人的座位，犹之画中的附属物、背景，均须有护卫主物、显衬主物的作用。这样妥帖之后，人在里面，精神自然安定、集中而快适。这是谁都懂得，谁都可以自由取乐的事。虽然有的人不讲究自己的房间的布置，然走进一间布置很妥帖的房间，一定谁也觉得快适。这可见人都会鉴赏，鉴赏就是被动的创作，故可说这是谁也懂得，谁也可以自由取乐的事。

我在贫乏而粗末①的自己的书房里，常常欢喜做这个玩意儿。把几件粗陋的家具搬来搬去，一月中总要搬数回。搬到痰盂不能移动一寸，脸盆架子不能旋转一度的时候，便有很妥帖的位置出现了。那时候我自己坐在主眼的座上，环视上下四周，君临一切。觉得一切都朝宗于我，一切都为我尽其职司，如百官之朝天，众星之拱北辰。就是墙上一只很小的钉，望去也似乎居相当的位置，对全体为有机的一员，对我尽专任的职司。我统御这个天下，想象南面王的气概，得到几天的快适。

有一次我闲居在自己的房间里，曾经对自鸣钟寻了一回开心。自鸣钟这个东西，在都会里差不多可说是无处不有，无人不备的了。然而它这张脸皮，我看惯了真讨厌得很。罗马字的还算好看，我房间里的一只，又是粗大的数学码子的。数学的九个字，我见了最头痛，谁愿意每天做数学呢！有一天，大

---

① 意为粗陋、不精致。

概是闲日月中的闲日，我就从墙壁上请它下来，拿油画颜料把它的脸皮涂成天蓝色，在上面画几根绿的杨柳枝，又用硬的黑纸剪成两只飞燕，用糨糊黏住在两只针的尖头上。这样一来，就变成了两只燕子飞逐在杨柳中间的一幅圆额的油画了。凡在三点二十几分、八点三十几分等时候，画的构图就非常妥帖，因为两只飞燕适在全幅中稍偏的位置，而且追随在一块，画面就保住均衡了。辨识时间，没有数目字也是很容易的：针向上垂直为十二时，向下垂直为六时，向左水平为九时，向右水平为三时。这就是把圆周分为四个quarter①，是肉眼也很容易办到的事。一个quarter里面平分为三格，就得长针五分钟的距离了，虽不十分容易正确，然相差至多不过一两分钟，只要不是天文台、电报局或火车站里，人家家里上下一两分钟本来是不要紧的。倘眼睛锐利一点，看惯之后，其实半分钟也是可以分明辨出的。这自鸣钟现在还挂在我的房间里，虽然惯用之后不甚新颖了，然终不觉得讨厌，因为它在壁上不是显明的实用的一只自鸣钟，而可以冒充一幅油画。

　　除了空间以外，闲居的时候我又欢喜把一天的生活的情调来比方音乐。如果把一天的生活当作一个乐曲，其经过就像乐章的移行（movement）了。一天的早晨，晴雨如何？

————————

① 英文，意为四等份之一、四分之一。

冷暖如何？人事的情形如何？犹之第一乐章的开始，先已奏出全曲的根柢的"主题"（thema）。一天的生活，例如事务的纷忙、意外的发生、祸福的临门，犹如曲中的长音阶①变为短音阶②的，C调变的F调，adagio③变为allegro④。其或昼永人闲，平安无事，那就像始终C调的andante的长大的乐章了。以气候而论，春日是孟檀尔伸⑤（Mendelssohn），夏日是裴德芬⑥（Beethoven），秋日是晓邦⑦（Chopin）、修芒⑧（Schumann），冬日是修斐尔德⑨（Schubert）。这也是谁也

---

① 即大音阶。

② 即小音阶。

③ 英文，意为柔板。

④ 英文，意为快板。

⑤ 今通译为门德尔松（1809—1847），德国作曲家、德国浪漫乐派代表人物之一，作品以精美、优雅、华丽著称，代表作有《仲夏夜之梦》序曲、《e小调小提琴协奏曲》《a小调第三交响曲》等。

⑥ 今通译为贝多芬（1770—1827），德国著名音乐家，维也纳古典乐派代表人物之一，代表作有《月光奏鸣曲》《英雄交响曲》等。

⑦ 今通译为肖邦（1810—1849），波兰作曲家、钢琴家，被誉为"浪漫主义钢琴诗人"，代表作有《降E大调华丽大圆舞曲》《降E大调夜曲》等。

⑧ 今通译为舒曼（1810—1856），德国作曲家、音乐评论家，代表作有《a小调钢琴协奏曲》《曼弗列德序曲》《诗人之恋》等。

⑨ 今通译为舒伯特（1797—1828），奥地利作曲家，代表作有《b小调第八交响曲》《冬之旅》等。

可以感到，谁也可以懂得的事。试看无论什么机关里、团体里，做无论什么事务的人，在阴雨的天气，办事一定不及在晴天的起劲、高兴、积极。如果有不论天气，天天照常办事的人，这一定不是人，是一架机器。只要看挑到我们后门头来卖臭豆腐干的江北人，近来秋雨连日，他的叫声自然懒洋洋地低钝起来，远不如一月以前的炎阳下的"臭豆腐干"的热辣了。

艺术三昧 ①

· 丰子恺

有一次我看到吴昌硕写的一方字。觉得单看各笔画，并不好；单看各个字，各行字，也并不好。然而看这方字的全体，就觉得有一种说不出的好处。单看时觉得不好的地方，全体看时都变好，非此反不美了。

原来艺术品的这幅字，不是笔笔、字字、行行的集合，而是一个融合不可分解的全体。各笔各字各行，对于全体都是有机的，即为全体的一员。字的或大或小，或偏或正，或肥或瘦，或浓或淡，或刚或柔，都是全体构成上的必要，绝不是偶然的。即都是为全体而然，不是为个体自己而然的。于是我想

---

① 选自《丰子恺散文》，丰子恺著，北京：人民文学出版社，2013年11月。

象：假如有绝对完善的艺术品的字，必在任何一字或一笔里已经表出全体的倾向。如果把任何一字或一笔改变一个样子，全体也非统统改变不可；又如把任何一字或一笔除去，全体就不成立。换言之，在一笔中已经表出全体，在一笔中可以看出全体，而全体只是一个个体。

所以单看一笔、一字或一行，自然不行。这是伟大的艺术的特点。在绘画也是如此。中国画论中所谓"气韵生动"，就是这个意思。西洋印象画派的持论："以前的西洋画都只是集许多幅小画而成一幅大画，毫无生气。艺术的绘画，非画面浑然融合不可。"在这点上想来，印象派的创生确是西洋绘画的进步。

这是一个不可思议的艺术的三昧境。在一点里可以窥见全体，而在全体中只见一个体。所谓"一有多种，二无两般"（《碧岩录》），就是这个意思吧！这道理看似矛盾又玄妙，其实是艺术的一般的特色，美学上的所谓"多样的统一"，很可明了地解释其意义：譬如有三只苹果，水果摊上的人把它们规则地并列起来，就是"统一"。只有统一是板滞的，是死的。小孩子把它们触乱，东西滚开，就是"多样"。只有多样是散漫的，是乱的。最后来了一个画家，要写生它们，给它们安排成一个可以入画的美的位置——两个靠拢在后方一边，余一个稍离开在前方——望去恰好的时候，就是所谓"多样的统一"，是美的。要统一，又要多样；要规则，又要不规则；要不规则的规则，规则的不规则；要一中有多，多中有一。这是艺术的三昧境！

宇宙是一大艺术。人何以只知鉴赏书画的小艺术，而不知鉴赏宇宙的大艺术呢？人何以不拿看书画的眼来看宇宙呢？如果拿看书画的眼来看宇宙，必可发现更大的三昧境。宇宙是一个浑然融合的全体，万象都是这全体的多样而统一的诸相。在万象的一点中，必可窥见宇宙的全体；而森罗的万象，只是一个个体。勃雷克①的"一粒沙里见世界"，孟子的"万物皆备于我"，就是当作一大艺术而看宇宙的吧！艺术的字画中，没有可以独立存在的一笔。即宇宙间没有可以独立存在的事物。倘不为全体，各个体尽是虚幻而无意义了。那么这个"我"怎样呢？自然不是独立存在的小我，应该融入于宇宙全体的大我中，以造成这一大艺术。

---

① 今通译为威廉·布莱克（1757—1827），英国浪漫主义诗人、版画家，代表作有诗集《纯真之歌》《经验之歌》等。

荷塘月色①

· 朱自清

　　这几天心里颇不宁静。今晚在院子里坐着乘凉，忽然想起日日走过的荷塘，在这满月的光里，总该另有一番样子吧。月亮渐渐地升高了，墙外马路上孩子们的欢笑，已经听不见了；妻在屋里拍着闰儿，迷迷糊糊地哼着眠歌。我悄悄地披了大衫，带上门出去。

　　沿着荷塘，是一条曲折的小煤屑路。这是一条幽僻的路；白天也少人走，夜晚更加寂寞。荷塘四面，长着许多树，蓊蓊郁郁的。路的一旁，是些杨柳，和一些不知道名字的树。没有月光的晚上，这路上阴森森的，有些怕人。今晚却很好，虽然

---

① 选自《朱自清散文》，朱自清著，北京：人民文学出版社，2014年1月。

月光也还是淡淡的。

路上只我一个人，背着手踱着。这一片天地好像是我的；我也像超出了平常的自己，到了另一世界里。我爱热闹，也爱冷静；爱群居，也爱独处。像今晚上，一个人在这苍茫的月下，什么都可以想，什么都可以不想，便觉是个自由的人。白天里一定要做的事，一定要说的话，现在都可不理。这是独处的妙处，我且受用这无边的荷香月色好了。

曲曲折折的荷塘上面，弥望的是田田的叶子。叶子出水很高，像亭亭的舞女的裙。层层的叶子中间，零星地点缀着些白花，有袅娜地开着的，有羞涩地打着朵儿的；正如一粒粒的明珠，又如碧天里的星星，又如刚出浴的美人。微风过处，送来缕缕清香，仿佛远处高楼上渺茫的歌声似的。这时候叶子与花也有一丝的颤动，像闪电般，霎时传过荷塘的那边去了。叶子本是肩并肩密密地挨着，这便宛然有了一道凝碧的波痕。叶子底下是脉脉的流水，遮住了，不能见一些颜色；而叶子却更见风致了。

月光如流水一般，静静地泻在这一片叶子和花上。薄薄的青雾浮起在荷塘里。叶子和花仿佛在牛乳中洗过一样；又像笼着轻纱的梦。虽然是满月，天上却有一层淡淡的云，所以不能朗照；但我以为这恰是到了好处——酣眠固不可少，小睡也别有风味的。月光是隔了树照过来的，高处丛生的灌木，落下参差的斑驳的黑影，峭楞楞如鬼一般；弯弯的杨柳的稀疏的倩影，却又像是画在荷叶上。塘中的月色并不均匀；但光与影有着和谐的旋律，如梵婀玲①上奏着的名曲。

荷塘的四面，远远近近，高高低低都是树，而杨柳最多。这些树将一片荷塘重重围住；只在小路一旁，漏着几段空隙，像是特为月光留下的。树色一例是阴阴的，乍看像一团烟雾；但杨柳的丰姿，便在烟雾里也辨得出。树梢上隐隐约约的是一带远山，只有些大意罢了。树缝里也漏着一两点路灯光，没精打采的，是渴睡人的眼。这时候最热闹的，要数树上的蝉声与水里的蛙声；但热闹是它们的，我什么也没有。

忽然想起采莲的事情来了。采莲是江南的旧俗，似乎很早就有，而六朝时为盛；从诗歌里可以约略知道。采莲的是少年的女子，她们是荡着小船，唱着艳歌去的。采莲人不用说很多，还有看采莲的人。那是一个热闹的季节，也是一个风流的季节。梁元帝《采莲赋》里说得好：

> 于是妖童媛女，荡舟心许；鹢首徐回，兼传羽杯；櫂将移而藻挂，船欲动而萍开。尔其纤腰束素，迁延顾步；夏始春余，叶嫩花初，恐沾裳而浅笑，畏倾船而敛裾。

---

① 英语"violin"的音译，即小提琴。

可见当时嬉游的光景了。这真是有趣的事，可惜我们现在早已无福消受了。

于是又记起《西洲曲》里的句子：

> 采莲南塘秋，莲花过人头；低头弄莲子，莲子清如水。

今晚若有采莲人，这儿的莲花也算得"过人头"了；只不见一些流水的影子，是不行的。这令我到底惦着江南了。——这样想着，猛一抬头，不觉已是自己的门前；轻轻地推门进去，什么声息也没有，妻已睡熟好久了。

秋夜[1]

·鲁迅

　　在我的后园，可以看见墙外有两株树，一株是枣树，还有一株也是枣树。

　　这上面的夜的天空，奇怪而高，我生平没有见过这样的奇怪而高的天空。他仿佛要离开人间而去，使人们仰面不再看见。然而现在却非常之蓝闪闪地映着几十个星星的眼，冷眼。他的口角上现出微笑，似乎自以为大有深意，而将繁霜洒在我的园里的野花草上。

　　我不知道那些花草真叫什么名字，人们叫他们什么名字。我记得有一种开过极细小的粉红花，现在还开着，但是更极细

---

[1]　选自《鲁迅全集·第1卷》，鲁迅著，鲁迅先生纪念委员会编，广州：花城出版社，2021年8月。

小了，她在冷的夜气中，瑟缩地做梦，梦见春的到来，梦见秋的到来，梦见瘦的诗人将眼泪擦在她最末的花瓣上，告诉她秋虽然来，冬虽然来，而此后接着还是春，蝴蝶乱飞，蜜蜂都唱起春词来了。她于是一笑，虽然颜色冻得红惨惨的，仍然瑟缩着。

枣树，他们简直落尽了叶子。先前，还有一两个孩子来打他们别人打剩的枣子，现在是一个也不剩了，连叶子也落尽了。他知道小粉红花的梦，秋后要有春；他也知道落叶的梦，春后还是秋。他简直落尽叶子，单剩干子，然而脱了当初满树是果实和叶子时候的弧形，欠伸得很舒服。但是，有几枝还低亚着，护定他从打枣的竿梢所得的皮伤，而最直最长的几枝，却已默默地铁似的直刺着奇怪而高的天空，使天空闪闪地鬼睒眼；直刺着天空中圆满的月亮，使月亮窘得发白。

鬼睒眼的天空越加非常之蓝，不安了，仿佛想离去人间，避开枣树，只将月亮剩下。然而月亮也暗暗地躲到东边去了，而一无所有的干子，却仍然默默地铁似的直刺着奇怪而高的天空，一意要制他的死命，不管他各式各样地眨着许多蛊惑的眼睛。

哇的一声，夜游的恶鸟飞过了。

我忽而听到夜半的笑声，吃吃地，似乎不愿意惊动睡着的人，然而四围的空气都应和着笑。夜半，没有别的人，我即刻听出这声音就在我嘴里，我也即刻被这笑声所驱逐，回进自己的房。灯火的带子也即刻被我旋高了。

后窗的玻璃上丁丁地响，还有许多小飞虫乱撞。不多久，几个进来了，许是从窗纸的破孔进来的。他们一进来，又在玻璃的灯罩上撞得丁丁地响。一个从上面撞进去了，他于是遇到火，而且我以为这火是真的。两三个却休息在灯的纸罩上喘气。那罩是昨晚新换的罩，雪白的纸，折出波浪纹的叠痕，一角还画出一枝猩红色的栀子。

猩红的栀子开花时，枣树又要做小粉红花的梦，青葱地弯成弧形了。……我又听到夜半的笑声，我赶紧砍断我的心绪，看那老在白纸罩上的小青虫，头大尾小，向日葵子似的，只有半粒小麦那么大，遍身的颜色苍翠得可爱，可怜。

我打一个呵欠，点起一支纸烟，喷出烟来，对着灯默默地敬奠这些苍翠精致的英雄。

一片阳光 [1]

· 林徽因

放了假，春初的日子松弛下来。将午未午时候的阳光，澄黄的一片，由窗棂横浸到室内，晶莹地四处射。我有点发怔，习惯地在沉寂中惊讶我的周围。我望着太阳那湛明的体质，像要辨别它那交织绚烂的色泽，追逐它那不着痕迹的流动。看它洁净地映到书桌上时，我感到桌面上平铺着一种恬静，一种精神上的豪兴，情趣上的闲逸；即或所谓"窗明几净"，那里默守着神秘的期待，漾开诗的气氛。那种静，在静里似可听到那一处琤琮的泉流，和着仿佛是断续的琴声，低诉着一个幽独者自娱的音调。看到这同一片阳光射到地上时，我感到地面上花

---

[1] 选自《林徽因文集：文学卷》，梁从诫编，天津：百花文艺出版社，1999年4月。

影浮动，暗香吹拂左右，人随着晌午的光霭花气在变幻，那种动，柔谐婉转有如无声音乐，令人悠然轻快，不自觉地脱落伤愁。至多，在舒扬理智的客观里使我偶一回头，看看过去幼年记忆步履所留的残迹，有点儿惋惜时间；微微怪时间不能保存情绪，保存那一切情绪所曾流连的境界。

倚在软椅上不但奢侈，也许更是一种过失，有闲的过失。但东坡的辩护"懒者常似静，静岂懒者徒"，不是没有道理。如果此刻不倚榻上而"静"，则方才情绪所兜的小小圈子便无条件地失落了去！人家就不可惜它，自己却实在不能不感到这种亲密的损失的可哀。

就说它是情绪上的小小旅行吧，不走并无不可，不过走走未始不是更好。归根说，我们活在这世上到底最珍惜一些什么？果真珍惜万物之灵的人的活动所产生的种种，所谓人类文化？这人类文化到底又靠一些什么？我们怀疑或许就是人身上那一撮精神同机体的感觉，生理心理所共起的情感，所激发出的一串行为，所聚敛的一点智慧——那么一点点人之所以为人的表现。宇宙万物客观的本无所可珍惜，反映在人性上的山川、草木、禽兽才开始有了秀丽，有了气质，有了灵犀。反映在人性上的人自己更不用说。没有人的感觉，人的情感，即便有自然，也就没有自然的美，质或神方面更无所谓人的智慧、人的创造、人的一切生活艺术的表现！这样说来，谁该鄙弃自己感觉上的小小旅行？为壮壮自己胆子，我们更该相信唯其人类在这类情绪的驰骋，实际的世间才赓续着产生我们精神所寄托的文物精粹。

此刻我竟可以微微一咳嗽，乃至于用播音的圆润口调说：我们既然无疑地珍惜文化，即尊重盘古到今种种的艺术——无论是抽象的思想的艺术，或是具体的驾驭天然材料另创的非天然形象——则对于艺术所由来的渊源，那点点人的感觉，人的情感智慧（通称人的情绪），又当如何地珍惜才算合理？

但是情绪的驰骋，显然不是诗或画或任何其他艺术建造的完成。这驰骋此刻虽占了自己生活的若干时间，却并不在空间里占任何一个小小位置！这个情形自己需完全明了。此刻它仅是一种无踪迹的流动，并无栖身的形体。它或含有各种或可捉摸的素质，但是好奇地探讨这个素质而具体要表现它的差事，无论其有无意义，除却本人外，别人是无能为力的。我此刻为着一片清婉可喜的阳光，分明自己在对内心交流变化的各种联想发生一种兴趣的注意，换句话说，这好奇与兴趣的注意已是我此刻生活的活动。一种力量又迫着我来把握住这个活动，而设法表现它，这不易抑制的冲动，或即所谓艺术冲动也未可知！只记得冷静的杜工部散散步，看看花，也不免会有"江上被花恼不彻，无处告诉只颠狂"的情绪上一片紊乱！玲珑煦暖的阳光照人面前，那美的感人力量就不减于花，不容我生硬地自己把情绪分划为有闲与实际的两种，而权其轻重，然后再决定取舍的。我也只有情绪上的一片紊乱。

情绪的旅行本偶然的事，今天一开头并为着这片春初晌午的阳光，现在也还是为着它。房间内有两种豪侈的光常叫我的心绪紧张如同花开，趁着感觉的微风，深浅零乱于冷智的枝叶中间。一种是烛光，高高的台座，长垂的烛泪，熊熊红焰当帘幕四下时各处光影掩映。那种闪烁明艳，雅有古意，明明是画中景象，却含有更多诗的成分。另一种便是这初春晌午的阳光，到时候有意无意的大片子洒落满室，那些窗棂栏板几案笔砚浴在光霭中，一时全成了静物图案；再有红蕊细枝点缀几处，室内更是轻香浮溢，叫人俯仰全触到一种灵性。

这种说法怕有点会发生误会，我并不说这片阳光射入室内，需要笔砚花香那些儒雅的托衬才能动人，我的意思倒是：室内顶寻常的一些供设，只要一片阳光这样又幽娴又洒脱地落在上面，一切都会带上另一种动人的气息。

这里要说到我最初认识的一片阳光。那年我六岁，记得是刚刚出了水珠以后——水珠即寻常水痘，不过我家乡的话叫它作水珠。当时我很喜欢那美丽的名字，忘却它是一种病，因而也觉到一种神秘的骄傲。只要人过我窗口问问出"水珠"吗？我就感到一种荣耀。那个感觉至今还印在脑子里。也为这个缘故，我还记得病中奢侈的愉悦心境。虽然同其他多次的害病一样，那次我仍然是孤独地被囚禁在一间房屋里休养的。那是我们老宅子里最后的一进房子；白粉墙围着小小院子，北面一排三间，当中夹着一个开敞的厅堂。我病在东头娘的卧室里。西头是婶婶的住房。娘同婶永远要在祖母的前院里行使她们女人们的职务的，于是我常是这三间房屋唯一留守的主人。

在那三间屋子里病着，那经验是难堪的。时间过得特别慢，尤其是在日中毫无睡意的时候。起初，我仅集注我的听觉在各种似脚步，又不似脚步的上面。猜想着，等候着，希望着人来。间或听听隔墙各种琐碎的声音，由墙基底下传达出来又消敛了去。过一会儿，我就不耐烦了——不记得是怎样的，我就蹑着鞋，挨着木床走到房门边。房门向着厅堂斜斜地开着一扇，我便扶着门框好奇地向外探望。

那时大概刚是午后两点钟光景，一张刚开过饭的八仙桌，异常寂寞地立在当中。桌下一片由厅口处射进来的阳光，泄泄融融地倒在那里。一个绝对悄寂的周围伴着这一片无声的金色的晶莹，不知为什么，忽使我六岁孩子的心里起了一次极不平常的振荡。

那里并没有几案花香，美术的布置，只是一张极寻常的八仙桌。如果我的记忆没有错，那上面在不多时间以前，是刚陈列过咸鱼、酱菜一类极寻常俭朴的午餐的。小孩子的心却呆了。或许两只眼睛倒张大一点，四处地望，似乎在寻觅一个问题的答案。为什么那片阳光美得那样动人？我记得我爬到房内窗前的桌子上坐着，有意无意地望望窗外，院里粉墙疏影同室内那片金色和煦截然不同趣味。顺便我翻开手边娘梳妆用的旧式镜箱，又上下摇动那小排状抽屉，同那刻成花篮形的小铜坠子，不时听雀跃过枝清脆的鸟语。心里却仍为那片阳光隐着一片模糊的疑问。

时间经过二十多年，直到今天，又是这样一泄阳光，一片不可捉摸，不可思议流动的而又恬静的瑰宝，我才明白我那问题是永远没有答案的。事实上仅是如此：一张孤独的桌，一角寂寞的厅堂。一只灵巧的镜箱，或窗外断续的鸟语，和水珠——那美丽小孩子的病名——便凑巧永远同初春静沉的阳光整整复斜斜地成了我回忆中极自然的联想。

"春朝"一刻值千金 [1]

（懒惰汉的懒惰想头之一）

· 梁遇春

十年来，求师访友，足迹走遍天涯，回想起来给我最大益处的却是"迟起"，因为我现在脑子里所有些聪明的想头，灵活的意思，多半是早上懒洋洋地赖在床上想出来的。我真应该写几句话赞美它一番，同时还可以告诉有志的人们一点迟起艺术的门径。谈起艺术，我虽然是门外汉，不过对于迟起这门艺术倒可说是一位行家，因为我既具有明察秋毫的批评能力，又带了甘苦备尝的实践精神。我天天总是在可能范围之内，尽量地滞在床上——那是我们的神庙——看着射在被上的日光，暗

---

① 选自《梁遇春散文》，梁遇春著，北京：人民文学出版社，2010年
1月。

笑四围人们无谓的匆忙，回味前夜的痴梦——那是比做梦还有意思的事——细想迟起的好处，唯我独尊地躺着，东倒西倾的小房立刻变作一座快乐的皇宫。

诗人画家为着要追求自己的幻梦，实现自己的痴愿，宁可牺牲一切物质的快乐，受尽亲朋的诟骂。他们从艺术里能够得到无穷的安慰，那是他们真实的世界，外面的世界对于他们反变成一个空虚。迟起艺术家也具有同等的精神。区区虽然不是一个迟起大师，但是对于本行艺术的确有无限的热忱——艺术家的狂热。所以让我拿自己做个例子吧。当我是个小孩时候，我的生活由家庭替我安排，毫无艺术的自觉，早上六点就起来了。后来到北方念书去，北方的天气是培养迟起最好的沃土，许多同学又都是程度很高的迟起艺术专家，于是绝好的环境同朋辈的切磋使我领略到迟起的深味，我的忠于艺术的热度也一天一天地增高。暑假年假回家时期，总在全家人吃完了早饭之后，我才敢动起床的念头。老父常常对我说清晨新鲜空气的好处，母亲有时提到重温稀饭的麻烦，慈爱的祖母也屡次向我姑母说"早起三日当一工"（我的姑母老是起得很早的），我虽然万分不愿意失丢大人们的欢心，但是为着忠于艺术的缘故，居然甘心得罪老人家。后来老人家知道我是无可救药的，反动了怜惜的心肠，他们早上九点钟时侯走过我的房门前还是用着足尖；人们温情地放纵我们的弱点是最容易刺动我们麻木的良心，但是我总舍不得违弃了心爱的艺术，所以还是懊悔地照样地高卧。在大学里，有几位道貌岸然的教授对于迟到学生总是白眼相待，我不幸得很，老做他们白眼的鹄的，也曾好几次下个决心早起，免得一进教室的门，就受两句冷讽。可是一年一年地过去，我足足受了四年的白眼待遇，里头的苦处是别人想不出来的。有一年寒假住在亲戚家里，他们晚饭的时间是很早的，所以一醒来，腹里就咕隆地响着，我却按下饥肠，故意想出许多有趣事情，使自己忘却了肚饿，有时饿出汗来，还是坚持着非到十时是不起来的，对于艺术我是多么忠实，情愿牺牲。枵腹作诗的爱仑·波[①]真可说是我的同志。后来入世谋生，自然会忽略了艺术的追求；不过我还是尽量地保留一向的热诚，虽然已经是够堕落了。想起我个人因为迟起所受的许多说不出的苦痛，我深深相信迟起是一门艺术，因为只有艺术才会这样带累人，也只有艺术家才肯这样不变初衷地往前牺牲一切。

但是从迟起我也得到不少的安慰，总够补偿我种种的苦痛。迟起给我最大的好处是我没有一天不是很快乐地开头的。

---

① 今通译为爱伦·坡（1809—1849），19世纪美国诗人、小说家和文学评论家，代表作有诗集《乌鸦》、小说《黑猫》《厄舍府的倒塌》等。

我天天起来总是心满意足的，觉得我们住的世界无日不是春天，无处不是乐园。当我神怡气舒地躺着时侯，我常常记起勃浪宁①的诗："上帝在上，万物各得其所。"（鱼游水里，鸟栖树枝，我卧床上。）人生是短促的，可是若使我们有过光荣的青春，我们的一生就不能算是虚度，我们的残年很可以傍着火炉，晒着太阳在回忆里过日子。同样地一天的光阴是很短促的，可是若使我们有过光荣的早上（一半时间花在床上的早晨！），我们这一天就不能说是白丢了。我们其余时间可以用在追忆清早的幸福，我们青年时期若使是欣欢的结晶，我们的余生一定不会很凄凉的。青春的快乐是有影子留下的，那影子好似带了魔力，惨淡的老年给它一照，也呈出和蔼慈祥的光辉。我们一天里也是一样的，人们不是常说：一件事情好好地开头，就是已经成功一半了；那么赏心悦意的早晨是一天快乐的先导。迟起不单是使我天天快活地开头，还叫我们每夜高兴地结束这个日子；我们夜夜去睡时侯，心里就预料到明早迟起的快乐——预料中的快乐是比当时的享受，味还长得多——这样子我们一天的始终都是给生机活泼的快乐空气围住，这个可爱的升平景象却是迟起一手做成的。

------

① 今通译为勃朗宁（1812—1889），19世纪英国诗人、剧作家，主要作品有诗集《戏剧抒情诗》《环与书》、诗剧《巴拉塞尔士》等。

　　迟起不仅是能够给我们这甜蜜的空气，它还能够打破我们结结实实的苦闷。人生最大的愁忧是生活的单调。悲剧是很热闹的，怪有趣的，只有那不生不死的机械式生活才是最无聊赖的。迟起真是唯一的救济方法。你若使感到生活的沉闷，那么请你多睡半点钟（最好是一点钟），你起来一定觉得许多要干的事情没有时间做了，那么是非忙不可——"忙"是进到快乐宫的金钥，尤其那自己找来的忙碌。忙是人们体力发泄最好的法子，亚里士多德不是说过人的快乐是生于能力变成效率的畅适。我常常在办公时间五分钟以前起床，那时候洗脸拭牙进早餐，都要用最快的速度完成，全变作最浪漫的举动，当牙膏四溅，脸水横飞，一手拿着头梳，对着镜子，一面吃面包时节，谁会说人生是没有趣味呢？而且当时只怕过了时间，心中充满了冒险的情绪。这些暗地晓得不碍事的冒险兴奋是顶可爱的东西，尤其是对于我们这班不敢真真履险的儒夫。我喜欢北方的狂风，因为当我们冲着黄沙望前进的时候，我们仿佛是斩将先登、冲锋陷阵的健儿，跟自然的大力肉搏，这是多么可歌可泣的壮举，同时除开耳孔鼻孔塞点沙土外，丝毫危险也没有，不管那时是怎地像煞有介事样子。冒险的嗜好哪个人没有，不过我们胆小，不愿白丢了生命，仁爱的上帝，因此给我们卷地蔽天的刮风，做我们安稳冒险的材料。住在江南的可怜虫，找不到这一天赐的机会，只得英雄做时势，迟些起来，自己创造机会。就是放假期间，十时半起床，早餐后抽完了烟，已经十一时过了，一想到今天打算做的事情一件也没有动手，赶紧忙着起来——天下里还有比无事忙更有趣味的事吗？若使你因为迟起挨到人家的闲话，那最少也可以打破你日常一波不兴、无声无臭的生活。我想凡是尝过生活的深味的人一定会说痛苦比单调灰色生活强得多，因为痛苦是活的，灰色的生活却是死的象征。迟起本身好似是很懒惰的，但是它能够给我们最大的活气，使我们的生活跳动生姿；世上最懒惰不过的人们是那般黎明即起，老早把事做好，坐着呆呆地打呵欠的人们。迟起所有的这许多安慰，除开艺术，我们哪里还找得出来呢？许多人现在还不明白迟起的好处，这也可以证明迟起是一种艺术，因为只有艺术人们才会这样地不去踩它。

现在春天到了，"春宵苦短日高起"，五六点钟醒来，就可以看见太阳，我们可以醉也似的躺着，一直躺了好几个钟头，静听流莺的巧啭，细看花影的慢移，这真是迟起的绝好时光。能让我们天天多躺一会儿吧，别辜负了这一刻千金的"春朝"。

　　《懒惰汉的懒惰想头》是当代英国小品文家Jerome K Jerome的文集名字（*Idle Thoughts of an Idle Fellow*），集里所说的都是拉闲扯散、瞎三道四的废话，可是自带有幽默的深味，好似对于人生有比一般人更微妙的认识同玩味——这或者只是因为我自己也是懒惰汉，官官相卫，惺惺惜惺惺，那么也好，就随它去吧。"春宵一刻值千金"这句老话，是谁也知道的，我觉得换一个字，就可以做我的题目。连小小二句题目，都要东抄西袭凑合成的，不肯费心机自己去做一个，这也可以见我的懒惰了。

在副题目底下加了"之一"两字，自然是指明我还要继续写些这类无聊的小品文字，但是什么时候会写第二篇，那是连上帝都不敢预言的，我是那么懒惰。有时晚上想好了意思，第二天起得太早，心中一懊悔，什么好意思都忘却了。

寂寞[①]

·梁实秋

　　寂寞是一种清福。我在小小的书斋里，焚起一炉香，袅袅的一缕烟线笔直地上升，一直戳到顶棚，好像屋里的空气是绝对的静止，我的呼吸都没有搅动出一点儿波澜似的。我独自暗暗地望着那条烟线发怔。屋外庭院中的紫丁香还带着不少嫣红焦黄的叶子，枯叶乱枝的声响可以很清晰地听到，先是一小声清脆的折断声，然后是撞击着枝干的磕碰声，最后是落到空阶上的拍打声。这时节，我感到了寂寞。在这寂寞中我意识到了我自己的存在——片刻的孤立的存在。这种境界并不太易得，与环境有关，但更与心境有关。寂寞不一定要到深山大泽里去

[①] 选自《梁实秋散文》，梁实秋著，北京：人民文学出版社，2013年11月。

寻求，只要内心清净，随便在市廛①里，陌巷里，都可以感觉到一种空灵悠逸的境界，所谓"心远地自偏"是也。在这种境界中，我们可以在想象中翱翔，跳出尘世的渣滓，与古人游。所以我说，寂寞是一种清福。

在礼拜堂里我也有过同样的经验。在伟大庄严的教堂里，从彩画玻璃窗透进一股不很明亮的光线，沉重的琴声好像是把人的心都洗淘了一番似的，我感觉到了我自己的渺小。这渺小的感觉便是我意识到我自己存在的明证。因为平常连这一点点渺小之感都不会有的！

我的朋友萧丽先生卜居在广济寺里，据他告诉我，在最近一个夜晚，月光皎洁，天空如洗，他独自踱出僧房，立在大雄宝殿前的石阶上，翘首四望，月色是那样的晶明，蓊郁的树是那样的静止，寺院是那样的肃穆，他忽然顿有所悟，悟到永恒，悟到自我的渺小，悟到四大皆空的境界。我相信一个人常有这样的经验，他的胸襟自然豁达辽阔。

但是寂寞的清福是不容易长久享受的。它只是一瞬间的存在。世界有太多的东西不时地在提醒我们，提醒我们一件煞风景的事实：我们的两只脚是踏在地上的呀！一头苍蝇撞在玻璃窗上挣扎不出，一声"老爷、太太可怜可怜我这个瞎子吧"，

---

① 指商店集中的市区。廛，音同蝉，指街市商店的房屋。

都可以使我们从寂寞中间一头栽出去，栽到苦恼烦躁的漩涡里去。至于"催租吏"一类的东西之打上门来，或是"石壕吏"之类的东西半夜捉人，其足以使人败兴生气，就更不待言了。这还是外界的感触，如果自己的内心先六根不净，随时都意马心猿，则虽处在最寂寞的境地里，他也是慌成一片，忙成一团，六神无主，暴躁如雷，他永远不得享受寂寞的清福。

如此说来，所谓寂寞不即是一种唯心论，一种逃避现实的现象吗？也可以说是。一个高蹈隐遁的人，在从前的社会里还可以存在，而且还颇受人敬重，在现在的社会里是绝对的不可能。现在似乎只有两种类型的人了，一是在现实的泥溷中打转的人，一是偶然也从泥溷中昂起头来喘口气的人。寂寞便是供人喘息的几口清新空气。喘几口气之后还得耐心地低头钻进泥溷里去。所以我对于能够昂首物外的举动并不愿再多苛责。逃避现实，如果现实真能逃避，吾寤寐以求之！

有过静坐经验的人该知道，最初努力把握着自己的心，叫它什么也不想，那是多么困难的事！那是强迫自己入于寂寞的手段，所谓参禅入定完全属于此类。我所赞美的寂寞，稍异于是。我所谓的寂寞，是随缘偶得，无需强求，一霎间的妙悟也不嫌短，失掉了也不必怅惘。但凡我有一刻寂寞时，我要好好地享受它。

这几个月的生活 ^①

· 老舍

　　自去年七月中辞去教职，到如今已快八个月了。数月里，有的朋友还把信寄到学校去；有的就说我没有了影儿；有的说我已经到哪里哪里做着什么什么事……我不愿变成个谜，教大家猜着玩，所以写几句出来，一打两用：一来解疑，二来就手儿当作稿子。

　　辞职后，一直住在青岛，压根儿就没动窝。青岛自秋至春都非常的安静，绝不像只在夏天来过的人所说的那么热闹。安静，所以适于写作，这就是我舍不得离开此地的原因。

　　除了星期日或有点病的时候，我天天总写一点，有时少至

---

① 选自《老舍散文精编》，老舍著，舒济编选，北京：人民文学出版社，1994年1月。

几百字，有时多过三千；平均地算，每天可得二千来字。细水长流，架不住老写，日子一多，自有成绩，可是，从发表过的来看，似乎凑不上这个数儿，那是因为长稿即使写完，也不能一口气登出，每月只能发表一两段。还有写好又扔掉也是常有的事，所以有伤耗。

地方安静，个人的生活也就有了规律。我每天差不多总是七点起床，梳洗过后便到院中去打拳，自一刻钟到半点钟，要看高兴不高兴。不过，即使不高兴，也必打上一刻钟，求其不间断。遇上雨或雪，就在屋中练练小拳。

这种运动不一定比别种运动好，而且耍刀弄棒，大有义和拳上体的嫌疑。不过它的好处是方便：用不着去找伴儿，一个人随时随地都可以活动；独自打篮球，虽然胜利都是自己的，究竟不大有趣。再说，和大家一同打球，人家用多大的力气，自己也得陪着；不能一劲儿请求大家原谅。打拳呢，可长可短，可软可硬，由慢而速，亦可由速而慢，缺乏纪律，可是能够从心所欲不逾矩。它没有篮球足球那么激烈，可比纯徒手操活泼，练上几趟就多少能见点汗儿；背上微微见汗，脸色微红，最为舒服。只要有恒心，天天活动一会儿，必定有益。

打完拳，我便去浇花，喜花而不会养，只有天天浇水，以求不亏心。有的花不知好歹，水多就死；有的花，勉强地到时开几朵小花。不管它们怎样吧，反正我尽了责任。这么磨蹭十多分钟，才去吃早饭，看报。这差不多就快九点钟了。

吃过早饭，看看有应回答的信没有；若有，就先写信，溜一溜脑子；若没有，就试着写点文章。在这时候写文，不易成功，脑子总是东一头西一脚地乱闹哄。勉强地写一点，多数是得扔到纸篓去。不过，这么闹哄一阵，虽白纸上未落多少黑字，可是这一天所要写的，多少有了个谱儿，到下午便有辙可循，不至再拿起笔来发怔了。简直可以这么说，早半天的工作是抛自己的砖，以便引出自家的玉来。

十一时左右，外埠的报纸与信件来到，看报看信；也许有个朋友来谈一会儿，一早晨就这么无为而治地过去了。遇到天气特别晴美的时候，少不得就带小孩到公园去看猴，或到海边拾蛤壳。这得九点多就出发，十二时才能回来，我们是能将一里路当作十里走的；看见地上一颗特别亮的砂子，我们也能研究老大半天。

十二点吃午饭。吃完饭，我抢先去睡午觉，给孩子们示范。等孩子都决定去学我的好榜样，而闭上了眼，我便起来了；我只需一刻钟左右的休息，不必睡那伟大的觉。孩子睡了，我便可以安心拿起笔来写一阵。等到他们醒来，我就把墨水瓶盖好，一直到晚八点再打开。大概地说吧，写文的主要时间是午后两点到三点半，和晚上八点到九点半。这两个时间，我可以不受小孩们的欺侮。

　　九点半必定停止工作。按说，青岛的夜里最适于写文，因为各处静得连狗仿佛都懒得吠一声，可是，我不敢多写，身体钉不住；一咬牙，我便整夜地睡不好；若是早睡呢，我便能睡得像块木头，有人把我搬了走我也不知道，我可也不去睡得太早了，因为末一次的信是九点后才能送到，我得等着；还有呢，花猫每晚必出去活动，到九点后才回来，把猫收入，我才好锁上门。有时候躺下而睡不着，便读些书，直到困了为止。读书能引起倦意，写文可不能；读书是把别人的思想装入自己的脑子里，写文是把自己的思想挤出来，这两样不是一回事，写文更累得慌。

　　星期六下午和星期日整天，该热闹了。看朋友，约吃饭，理发，偶尔也看看电影，都在这两天。一到星期一，便又安静起来，鸦雀无声，除了和孩子们说废话，几乎连唇齿舌喉都没有了用处似的。说真的，青岛确是过于安静了。可是，只要熬过一两个月，习惯了，可也就舍不得它了。

　　按说，我既爱安静，而又能在这极安静的地方写点东西，岂不是很抖①的事吗？唉！（必得先叹一口气！）都好哇，就是写文章吃不了饭啊！

　　我的身体不算很强，多写字总不能算是对我有益处的事。

------

① 方言，意为很好。

但是，我不在乎，多活几年，少活几年，有什么关系呢？死，我不怕；死不了而天天吃个半饱，远不如死了呢。我爱写作，可就是得挨饿，怎办呢？连版税带稿费，一共还不抵教书的收入的一半，而青岛的生活程度又是那么高，买葱要论一分钱的，坐车起码是一毛钱！怎样活下去呢？

常常接到青年朋友们的著作，叫我给看，改；如有可能，给介绍到各杂志上去。每接到一份，我就要落泪，我没有工夫给详细地改，但是总抓着工夫给看一遍，尽我所能见到的给批注一下，客气地给寄回去。有好一点的呢，我当然找个相当的刊物，给介绍一下；选用与否，我不能管，尽到我的心算了。这点义务工作，不算什么；我要落泪，因为这些青年们都是想要指着投稿吃饭的呀！——这里没有饭吃！

干什么不是以力气挣钱呢，卖文章也是自食其力，不是什么坏事。不过，干这一行，第一是大有害于健康；老爬在桌上写，老思索，老憋闷得慌；有几个文人不害肺病呢？第二是卖了力气，拼了命，结果还卖不出钱来。越穷便越牢骚，越自苦，越咬牙，不久，怎样？不幸短命死矣！穷而后工，咱没见过；穷而后死，比比皆是。但分能干别的去，不要往这里走，此路不通！

为艺术而牺牲哟，不怕哟！好，这要不是你爸爸有钱，便是你不想活着。不想活着，找死还不容易，何必单找这条道儿？这么死，连死都不能痛痛快快的。到前线上去，哪一个枪弹不比钢笔头儿脆快呢？

　　我爱说实话，实话本不能悦耳；信不信由你吧，我算干够了。只有一条路可以使我继续下去这种生活，得航空奖券的头奖。不过，梦上加梦，也许有一天会疯了的。

山不来见我，我自去见山

　　白马湖的春日自然最好。山是青得要滴下来，水是满满的，软软的。小马路的西边，一株间一株地种着小桃与杨柳。小桃上各缀着几朵重瓣的红花，像夜空的疏星。杨柳在暖风里不住地摇曳。

翡冷翠^① 山居闲话^②

· 徐志摩

　　在这里出门散步去，上山或是下山，在一个晴好的五月的
向晚，正像是去赴一个美的宴会，比如去一果子园，那边每株
树上都是满挂着诗情最秀逸的果实，假如你单是站着看还不满
意时，只要你一伸手就可以采取，可以恣尝鲜味，足够你性灵
的迷醉。阳光正好暖和，绝不过暖；风息是温驯的，而且往往
因为他是从繁花的山林里吹度过来，他带来一股幽远的澹香，
连着一息滋润的水气，摩挲着你的颜面，轻绕着你的肩腰，就
这单纯的呼吸已是无穷的愉快；空气总是明净的，近谷内不生
烟，远山上不起霭，那美秀风景的全部正像画片似的展露在你

---

①　今通译为佛罗伦萨，意大利名城。

②　选自《徐志摩散文》，徐志摩著，北京：人民文学出版社，2013年
　　11月。

的眼前，供你闲暇的鉴赏。

做客山中的妙处，尤在你永不须踌躇你的服色与体态；你不妨摇曳着一头的蓬草，不妨纵容你满腮的苔藓；你爱穿什么就穿什么；扮一个牧童，扮一个渔翁，装一个农夫，装一个走江湖的桀卜闪^①，装一个猎户；你再不必提心整理你的领结，你尽可以不用领结，给你的颈根与胸膛一半日的自由，你可以拿一条这边艳色的长巾包在你的头上，学一个太平军的头目，或是拜伦那埃及装的姿态；但最要紧的是穿上你最旧的旧鞋，别管他模样不佳，他们是顶可爱的好友，他们承着你的体重却不叫你记起你还有一双脚在你的底下。

这样的玩顶好是不要约伴，我竟想严格地取缔，只许你独身；因为有了伴多少总得叫你分心，尤其是年轻的女伴，那是最危险最专制不过的旅伴，你应得躲避她像你躲避青草里一条美丽的花蛇！平常我们从自己家里走到朋友的家里，或是我们执事的地方，那无非是在同一个大牢里从一间狱室移到另一间狱室去，拘束永远跟着我们，自由永远寻不到我们；但在这春夏间美秀的山中或乡间你要是有机会独身闲逛时，那才是你福星高照的时候，那才是你实际领受、亲口尝味、自由与自在的时候，那才是你肉体与灵魂行动一致的时候。朋友们，我们

---

① 今通译为吉卜赛人，以游荡生活为特点的一个民族。原居印度西北部，10世纪前后开始到处流浪，几乎遍布全球。

多长一岁年纪往往只是加重我们头上的枷，加紧我们脚胫上的链，我们见小孩子在草里在沙堆里在浅水里打滚作乐，或是看见小猫追他自己的尾巴，何尝没有羡慕的时候，但我们的枷，我们的链永远是制定我们行动的上司！所以只有你单身奔赴大自然的怀抱时，像一个裸体的小孩扑入他母亲的怀抱时，你才知道灵魂的愉快是怎样的，单是活着的快乐是怎样的，单就呼吸单就走道单就张眼看耸耳听的幸福是怎样的。因此你得严格地为己，极端地自私，只许你，体魄与性灵，与自然同在一个脉搏里跳动，同在一个音波里起伏，同在一个神奇的宇宙里自得。我们浑朴的天真是像含羞草似的娇柔，一经同伴的抵触，他就卷了起来，但在澄静的日光下，和风中，他的姿态是自然的，他的生活是无阻碍的。

　　你一个人漫游的时候，你就会在青草里坐地仰卧，甚至有时打滚，因为草的和暖的颜色自然地唤起你童稚的活泼；在静僻的道上你就会不自主地狂舞，看着你自己的身影幻出种种诡异的变相，因为道旁树木的阴影在他们迂徐的婆娑里暗示你舞蹈的快乐；你也会得信口的歌唱，偶尔记起断片的音调，与你自己随口的小曲，因为树林中的莺燕告诉你春光是应得赞美的；更不必说你的胸襟自然会跟着曼长的山径开拓，你的心地会看着澄蓝的天空静定，你的思想和著山壑间的水声，山罅里的泉响，有时一澄到底的清澈，有时激起成章的波动，流，流，流入凉爽的橄榄林中，流入妩媚的阿诺河去……

并且你不但不须应伴，每逢这样的游行，你也不必带书。书是理想的伴侣，但你应得带书，是在火车上，在你住处的客室里，不是在你独身漫步的时候。什么伟大的深沉的鼓舞的清明的优美的思想的根源不是可以在风籁中，云彩里，山势与地形的起伏里，花草的颜色与香息里寻得？自然是最伟大的一部书，葛德①说，在他每一页的字句里我们读得最深奥的消息。并且这书上的文字是人人懂得的；阿尔帕斯与五老峰，雪西里与普陀山，莱因河与扬子江，梨梦湖与西子湖，建兰与琼花，杭州西溪的芦雪与威尼市夕照的红潮，百灵与夜莺，更不提一般黄的黄麦，一般紫的紫藤，一般青的青草同在大地上生长，同在和风中波动——他们应用的符号是永远一致的，他们的意义是永远明显的，只要你自己性灵上不长疮癞，眼不盲，耳不塞，这无形迹的最高等教育便永远是你的名分，这不取费的最珍贵的补剂便永远供你的受用；只要你认识了这一部书，你在这世界上寂寞时便不寂寞，穷困时不穷困，苦恼时有安慰，挫折时有鼓励，软弱时有督责，迷失时有南针。

---

① 今通译为歌德（1749—1832），德国诗人、小说家、剧作家，代表
　　作有《少年维特之烦恼》《浮士德》。

白马湖①

·朱自清

今天是个下雨的日子。这使我想起了白马湖；因为我第一回到白马湖，正是微风飘萧的春日。

白马湖在甬绍铁道的驿亭站，是个极小极小的乡下地方。在北方说起这个名字，管保一百个人一百个人不知道。但那却是一个不坏的地方。这名字先就是一个不坏的名字。据说从前（宋时？）有个姓周的骑白马入湖仙去，所以有这个名字。这个故事也是一个不坏的故事。假使你乐意搜集，或也可编成一本小书，交北新书局印去。

白马湖并非圆圆的或方方的一个湖，如你所想到的，这

---

① 选自《朱自清散文》，朱自清著，北京：人民文学出版社，2014年1月。

是曲曲折折大大小小许多湖的总名。湖水清极了，如你所能想到的，一点儿不含糊像镜子。沿铁路的水，再没有比这里清的，这是公论。遇到旱年的夏季，别处湖里都长了草，这里却还是一清如故。白马湖最大的，也是最好的一个，便是我们住过的屋的门前那一个。那个湖不算小，但湖口让两面的山包抄住了。外面只见微微的碧波而已，想不到有那么大的一片。湖的尽里头，有一个三四十户人家的村落，叫作西徐岙，因为姓徐的多。这村落与外面本是不相通的，村里人要出来得撑船。后来春晖中学在湖边造了房子，这才造了两座玲珑的小木桥，筑起一道煤屑路，直通到驿亭车站。那是窄窄的一条人行路，蜿蜒曲折的，路上虽常不见人，走起来却不见寂寞。——尤其在微雨的春天，一个初到的来客，他左顾右盼，是只有觉得热闹的。

　　春晖中学在湖的最胜处，我们住过的屋也相去不远，是半西式。湖光山色从门里从墙头进来，到我们窗前、桌上。我们几家接连着；丐翁的家最讲究。屋里有名人字画，有古磁，有铜佛，院子里满种着花。屋子里的陈设又常常变换，给人新鲜的受用。他有这样好的屋子，又是好客如命，我们便不时地上他家里喝老酒。丐翁夫人的烹调也极好，每回总是满满的盘碗拿出来，空空的收回去。白马湖最好的时候是黄昏。湖上的山笼着一层青色的薄雾，在水里映着参差的模糊的影子。水光微微地暗淡，像是一面古铜镜。轻风吹来，有一两缕波纹，但随即平静了。天上偶见几只归鸟，我们看着它们越飞越远，直到不见为止。这个时候便是我们喝酒的时候。我们说话很少，上了灯话才多些，但大家都已微有醉意，是该回家的时候了。若有月光也许还得徘徊一会儿；若是黑夜，便在暗里摸索醉着回去。

白马湖的春日自然最好。山是青得要滴下来，水是满满的，软软的。小马路的西边，一株间一株地种着小桃与杨柳。小桃上各缀着几朵重瓣的红花，像夜空的疏星。杨柳在暖风里不住地摇曳。在这路上走着，时而听见锐而长的火车的笛声是别有风味的。在春天，不论是晴是雨，是月夜是黑夜，白马湖都好。——雨中田里菜花的颜色最早鲜艳；黑夜虽什么不见，但可静静地受用春天的力量。夏夜也有好处，有月时可以在湖里划小船，四面满是青霭。船上望别的村庄，像是蜃楼海市，浮在水上，迷离恍惚的；有时听见人声或犬吠，大有世外之感。若没有月呢，便在田野里看萤火。那萤火不是一星半点的，如你们在城中所见；那是成千成百的萤火。一片儿飞出来，像金线网似的，又像耍着许多火绳似的。只有一层使我愤恨。那里水田多，蚊子太多，而且几乎全闪闪烁烁是疟蚊子。我们一家都染了疟疾，至今三四年了，还有未断根的。蚊子多，足以减少露坐夜谈或划船夜游的兴致，这未免是美中不足了。

　　离开白马湖是三年前的一个冬日。前一晚"别筵"上，有丐翁与云君。我不能忘记丐翁，那是一个真挚豪爽的朋友。但我也不能忘记云君，我应该这样说，那是一个可爱的——孩子。

西溪的晴雨①

·郁达夫

西北风未起，蟹也不曾肥，我原晓得芦花总还没有白。前两星期，源宁来看了西湖，说他倒觉得有点失望，因为湖光山色，太整齐，太小巧，不够味儿。他开来的一张节目上，原有西溪的一项；恰巧第二天又下了微雨，秋原和我就主张微雨里下西溪，好叫源宁去尝一尝这西湖近旁的野趣。

天色是阴阴漠漠的一层，湿风吹来，有点儿冷，也有点儿香，香的是野草花的气息。车过方井旁边，自然又下车来，去看了一下那座天主圣教修士们的古墓。从墓门望进去，只是黑沉沉、冷冰冰的一个大洞，什么也看不见，鼻子里却闻吸到了

---

① 选自《郁达夫散文》，郁达夫著，北京：人民文学出版社，2016年8月。

一种霉灰的阴气。

把鼻子掀了两掀，耸了一耸肩膀，大家都说，可惜忘记带了电筒。但在下意识里，自然也有一种恐怖、不安和畏缩的心意，在那里作恶，直到了花坞的溪旁，走进窗明几净的静莲庵（？）堂去坐下，喝了两碗清茶，这一些鬼胎，方才洗涤了个空空脱脱。

游西溪，本来是以松木场下船，带了酒盒行厨，慢慢儿地向西摇去为正宗。像我们那么高坐了汽车，飞鸣而过古荡、东岳，一个钟头要走百来里路的旅客，终于是难度的俗物。但是俗物也有俗益，你若坐在汽车座里，引颈而向西向北一望，直到湖州，只见一派空明，遥盖在淡绿成阴的斜平海上；这中间不见水，不见山，当然也不见人，只是渺渺茫茫，青青绿绿，远无岸，近亦无田园村落的一个大斜坡，过秦亭山后，一直到留下为止的那一条沿山大道上的景色，好处就在这里，尤其是当微雨朦胧、江南草长的春或秋的半中间。

从留下下船，回环曲折，一路向西向北，只在芦花浅水里打圈圈；圆桥茅舍，桑树蓼花，是本地的风光，还不足道；最古怪的，是剩在背后的一带湖上的青山，不知不觉，忽而又会得移上你的面前来，和你点一点头，又匆匆地别了。

摇船的少女，也总好算是西溪的一景；一个站在船尾把摇橹，一个坐在船头上使桨，身体一伸一俯，一往一来，和橹声

的咿呀、水波的起落，凑合成一大又圆又曲的进行软调；游人
到此，自然会想起瘦西湖边竹西歌吹的闲情，而源宁昨天在漪
园月下老人祠里求得的那支灵签，仿佛是完全地应了签诗的语
文，是《鄘风·桑中》章末后的三句，叫作"期我乎桑中，要
我乎上宫，送我乎淇之上矣"。

　　此后便到了交（茭）芦庵，上了弹指楼，因为是在雨里，
带水拖泥，终于也感不到什么的大趣，但这一天向晚回来，在
湖滨酒楼上放谈之下，源宁却一本正经地说："今天的西溪，
却比昨日的西湖，要好三倍。"

　　前天星期假日，日暖风和，并且在报上也曾看到了芦花
怒放的消息。午后日斜，老龙夫妇，又来约去西溪，去的时
候，太晚了一点，所以只在秋雪庵的弹指楼上，消磨了半日之
半。一片斜阳，反照在芦花浅渚的高头，花也并未怒放，树叶
也不曾凋落，原不见秋，更不见雪，只是一味的晴明浩荡，飘
飘然，浑浑然，洞贯了我们的肠腑。老僧无相，烧了面，泡了
茶，更送来了酒，末后还拿出了纸和墨。我们看看日影下的北
高峰，看看庵旁边的芦花荡，就问无相，花要几时才能全白？
老僧操着缓慢的楚国口音，微笑着说："总要到阴历十月的中
间；若有月亮，更为出色。"说后，还提出了一个交换的条
件，要我们到那时候，再去一玩，他当预备些精馔相待，聊当
作润笔，可是今天的字，却非写不可。老龙写了"一剑横飞

破六合，万家憔悴哭三吴"的十四个字，我也附和着抄了一副不知在哪里见过的联语："春梦有时来枕畔，夕阳依旧上帘钩。"

喝得酒醉醺醺，走下楼来，小河里起了晚烟，船中间满载了黑暗，龙妇又逸兴遄飞，不知上哪里去摸出了一枝洞箫来吹着。"其声呜呜然，如怨如慕，如泣如诉，余音袅袅，不绝如缕"，倒真有点像是七月既望，和东坡在赤壁的夜游。

济南的冬天 [①]

· 老舍

对于一个在北平住惯的人，像我，冬天要是不刮大风，便是奇迹；济南的冬天是没有风声的。对于一个刚由伦敦回来的，像我，冬天要能看得见日光，便是怪事；济南的冬天是响晴的。自然，在热带的地方，日光是永远那么毒，响亮的天气反有点叫人害怕。可是，在北中国的冬天，而能有温晴的天气，济南真得算个宝地。

设若单单是有阳光，那也算不了出奇。请闭上眼想：一个老城，有山有水，全在蓝天下很暖和安适地睡着；只等春风来

---

① 选自《老舍散文》，老舍著，北京：人民文学出版社，2014年1月。节选自《一些印象》，标题取自人民教育出版社初中部新课标语文教材。

把他们唤醒，这是不是个理想的境界？

小山整把济南围了个圈儿，只有北边缺着点口儿，这一圈小山在冬天特别可爱，好像是把济南放在一个小摇篮里，它们全安静不动地低声地说：你们放心吧，这儿准保暖和。真的，济南的人们在冬天是面上含笑的。他们一看那些小山，心中便觉得有了着落，有了依靠。他们由天上看到山上，便不觉地想起：明天也许就是春天了吧？这样的温暖，今天夜里山草也许就绿起来吧？就是这点幻想不能一时实现，他们也并不着急，因为有这样慈善的冬天，干啥还希望别的呢。

最妙的是下点小雪呀。看吧，山上的矮松越发的青黑，树尖上顶着一髻儿白花，像些小日本看护妇。山尖全白了，给蓝天镶上一道银边。山坡上有的地方雪厚点，有的地方草色还露着，这样，一道儿白，一道儿暗黄，给山们穿上一件带水纹的花衣；看着看着，这件花衣好像被风儿吹动，叫你希望看见一点儿更美的山的肌肤。等到快日落的时候，微黄的阳光斜射在山腰上，那点薄雪好像忽然害了羞，微微露出点粉色。就是下小雪吧，济南是受不住大雪的，那些小山太秀气。

古老的济南，城内那么狭窄，城外又那么宽敞，山坡上卧着些小村庄，小村庄的房顶上卧着点雪，对，这是张小水墨画，或者是唐代的名手画的吧。

那水呢，不但不结冰，反倒在绿藻上冒着点热气。水藻真

　　绿，把终年贮蓄的绿色全拿出来了。天儿越晴，水藻越绿，就凭这些绿的精神，水也不忍得冻上；况且那长枝的垂柳还要在水里照个影儿呢。看吧，由澄清的河水慢慢往上看吧，空中，半空中，天上，自上而下全是那么清亮，那么蓝汪汪的，整个的是块空灵的蓝水晶。这块水晶里，包着红屋顶，黄草山，像地毯上的小团花的小灰色树影。

　　这就是冬天的济南。

山西通信①

· 林徽因

××××：

居然到了山西，天是透明的蓝，白云更流动得使人可以忘记很多的事，单单在一点什么感情底下，打滴溜转；更不用说到那山山水水，小堡垒，村落，反映着夕阳的一角庙，一座塔！景物是美得到处使人心慌心痛。

我是没有出过门的，没有动身之前不容易动，走出来之后却就不知道如何流落才好。旬日来眼看去的都是图画，日子都是可以歌唱的古事。黑夜里在山场里看河南来到山西的匠人，围住一个大红炉子打铁，火花和铿锵的声响，散到四团黑影里

---

① 选自《林徽因文集：文学卷》，梁从诫编，天津：百花文艺出版社，1999年4月。

去。微月中步行寻到田陇废庙，划一根"取灯"偷偷照看那瞭望观音的脸，一片平静。几百年来，没有动过感情的，在那一闪光底下，倒像挂上一缕笑意。

我们因为探访古迹走了许多路；在种种情形之下感慨到古今兴废。在草丛里读碑碣，在砖堆中间偶然碰到菩萨的一双手一个微笑，都是可以激动起一些不平常的感觉来的。乡村的各种浪漫的位置，秀丽天真；中间人物维持着老老实实的鲜艳颜色，老的扶着拐杖，小的赤着胸背，沿路上点缀的，尽是他们明亮的眼睛和笑脸。由北平城里来的我们，东看看，西走走，夕阳背在背上，真和掉在另一个世界里一样！云块，天，和我们之间似乎失掉了一切障碍。我乐时就高兴地笑，笑声一直散到对河对山，说不定哪一个林子、哪一个村落里去！我感觉到一种平坦，竟许是辽阔，和地面恰恰平行着舒展开来，感觉的最边沿的边沿，和大地的边沿，永远赛着向前伸……

我不会说，说起来也只是一片疯话，人家不耐烦听。让我描写一些实际情形我又不大会，总而言之，远地里，一片田亩有人在工作，上面青的，黄的，紫的，分行地长着；每一处山坡上，有人在走路，放羊，迎着阳光，背着阳光，投射着转动的光影；每一个小城，前面站着城楼，旁边睡着小庙，那里又托出一座石塔，神和人，都服帖地、满足地守着他们那一角天地，近地里，则更有的是热闹，一条街里站满了人，孩子头上

梳着三个小辫子的，四个小辫子的，乃至于五六个小辫子的，衣服简单到只剩一个红兜肚，上面隐约也绣有她嬷嬷挑的两三朵花！

娘娘庙前面树荫底下，你又能阻止谁来看热闹？教书先生出来了，军队里兵卒拉着马过来了，几个女人娇羞地手拉着手，也扭着来站在一边了，小孩子争着挤，看我们照相，拉皮尺量平面，教书先生帮忙我们拓碑文。说起来这个那个庙，都是年代可多了，什么时候盖的，谁也说不清了！说话之人来得太多，我们工作实在发生困难了，可是我们大家都顶高兴的，小孩子一边抱着饭碗吃饭，一边睁着大眼看，一点子也不松懈。

我们走时总是一村子的人来送的，儿媳妇指着说给老婆婆听，小孩们跑着还要跟上一段路。开栅镇，小相村，大相村，哪一处不是一样的热闹，看到北齐天保三年①造像碑，我们不小心的，漏出一个惊异的叫喊，他们乡里弯着背的，老点儿的人，就也露出一个得意的微笑，知道他们村里的宝贝，居然吓着这古怪的来客了。"年代多了吧？"他们骄傲地问。"多了多了。"我们高兴地回答，"差不多一千四百年了。""呀，一千四百年！"我们便一齐骄傲起来。

---

① 552年。

　　我们看看这里金元重修的，那里明季重修的殿宇，讨论那式样做法的特异处，塑像神气，手续，天就渐渐黑下来，嘴里觉到渴，肚里觉到饿，才记起一天的日子圆圆整整的就快结束了。回来躺在床上绮丽鲜明的印象仍然挂在眼睛前边，引导着种种适意的梦，同时晚饭上所吃的菜蔬果子，便给养充实着，我们明天的精力，直到一大颗太阳，红红地照在我们的脸上。

月夜之话 [1]

· 郑振铎

是在山中的第三夜了。月色是皎洁无比，看着她渐渐地由东方升了起来。蝉声叽……叽……叽……地曼长地叫着，岭下涧水潺潺的流声，隐约地可以听见，此外，便什么声音都没有了。月如银的圆盘般大，静定地挂在晚天中，星没有几颗，疏朗朗地间缀于蓝天中，如美人身上披的蓝天鹅绒的晚衣，缀了几颗不规则的宝石。大家都把自己的摇椅移到东廊上坐着。

初升的月，如水银似的白，把它的光笼罩在一切的东西上；柱影与人影，粗黑地向西边的地上倒映着。山呀，田地呀，树林呀，对面的许多所的屋呀，都朦朦胧胧的不大看得清

---

① 选自《郑振铎散文》，郑振铎著，乔继堂主编，鄢晓霞选编，上海：上海科学技术文献出版社，2012年10月。

楚，正如我们初从倦眠中醒了来，睁开了眼去看四周的东西，还如在渺茫梦境中似的；又如把这些东西都幕上了一层轻巧细密的冰纱，它们在纱外望着，只能隐约地看见它们的轮廓；又如春雨连朝，天色昏暗，极细极细的雨丝，随风飘拂着，我们立在红楼上，由这些蒙雨织成的帘中向外望着。那么样的静美，那么样柔秀的融合的情调，真非身临其境的人不能说得出的。

"那么好的月呀！"擘黄先生赞赏似的叹美着。

同浴于这个明明的月光中的，还有梦旦先生和心南先生。静悄悄地，各人都随意地躺在他的摇椅上，各自在默想他的崇高的思绪，也不知道有多少秒，多少分，多少刻的时间是过去了。红栏杆外是月光、蝉声与溪声，红栏杆内是月光照浴着的几个静思的人。

> 月光光，
>
> 照河塘。
>
> 骑竹马，
>
> 过横塘。
>
> 横塘水深不得过，
>
> 娘子牵船来接郎。
>
> 问郎长，问郎短，

问郎此去何时返。

心南先生的女公子依真跳跃着地由西边跑了过来，嘴里这样地唱着。那清脆的歌声漫溢于朦胧的空中，如一塘静水中起了一个水沤似的，立刻一圈一圈地扩大到全个塘面。

"这是各处都有的儿歌，辜鸿铭曾选入他的《幼学弦歌》中。"梦旦先生说。他真是一个健谈的人，又恳挚，又多见闻，凡是听过他的话的人，总不肯半途走了开去。

"福州还有一首大家都知道的民歌，也是以月为背景的，真是不坏。"梦旦先生接着说；于是他便背诵出了这一首歌。

原文：

> 共哥相约月出来，
> 怎样月出哥未来？
> 没是奴家月出早？
> 没是哥家月出迟？
> 不论月出早与迟；
> 恐怕我哥未肯来。
> 当日我哥未娶嫂，
> 三十无月哥也来。

译文：

> 与他相约月出来，
>
> 怎么月出了他还未来？
>
> 莫不是我家月出得早？
>
> 莫不是他家月出得迟？
>
> 不论月出早与迟；
>
> 只怕他是不肯来了吧！
>
> 当日他没有娶妻时，
>
> 没有月的三十夜也还来呢。

这首歌的又真挚又曲折的情绪，立刻把大家捉住了。像那么好的情歌，真不多见。

"我真想把它抄录了下来呢！"我说。于是梦旦先生又逐句地背念了一遍，我便录了下来。

"大约是又成了《山中通信》的资料吧。"擘黄先生笑着说道。他今天刚看见我写着《山中通信》。

"也许是的，但这样的好词，不写了下来，未免太可惜了。"

"我也有一个，索性你再写了吧。"擘黄说。

我端正了笔等着他。

七月七夕鹊填桥，

牛郎织女渡天河。

人人都说神仙好，

一年一度算什么！

"最后一句真好，凡是咏七夕的诗，恐怕不见得有那样透彻的口气吧。可见民歌好的不少，只在自己去搜集而已。"擘黄说。

大家的话匣子一开，沉静的气氛立刻打破了，每个人都高高兴兴地谈着唱着，浑忘了皎洁月光与其他一切。月已升得很高，倒向西边的柱影，已渐渐地短了。

梦旦先生道："还有一首歌，你们听人说过没有？"

"采苹你去问秋英，

怎么姑爷跌满身？"

"他说：相公家里回，

也无火把也无灯。"

"既无火把也要灯！

他说相公家里回，

怎么姑爷跌满身？

采苹你去问秋英！"

"是的，听见过的。"擘黄说，"但其层次与说话之语气颇不易分得出明白。"

"大约是小姐见姑爷夜间回来，跌了一身的泥，不由得起了疑心，便叫丫头采苹去问跟班秋英。采苹回到小姐那里，转述秋英的话，相公之所以跌得一身泥者，因由家里回来，夜色黑漆漆的，又无火把又无灯笼也。第二首完全是小姐的话，她的疑心还未释，相公既由家回，如无火把也要有灯，怎么会跌得一身泥？于是再叫采苹去问秋英。虽然是如连环诗似的二首，前后的意思却很不同。每个人的口气也都逼真地像。"梦旦先生说。

经了这样一解释，这首诗，真的也成了一首名作了。

真鸟仔，

啄瓦檐，

奴哥无"母"这数年。

看见街上人讨"母"，

奴哥目泪挂目檐。

有的有，没的没，

有人老婆连小婆！

只愿天下作大水，

流来流去齐齐没。

这一首也是这一夜采得的好诗，但恐非"非福州人"所能了解。所谓"真鸟仔"者，即小麻雀也。"母"者，即女子也，即所谓公母之"母"是也。"奴哥"者，擘黄以为是他人称他的，我则以为是自称的口气。兹译之如下：

小小的麻雀儿，

在瓦檐前啄着，啄着，

我是这许多年还没有妻呀！

看见街上人家闹洋洋地娶亲，

我不由得双泪挂眼边。

有的有，没有的没有，

有的人，有了妻，却还要小老婆。

但愿天下起了大水，

流来流去，使大家一齐都没有。

这个译文，意思未见得错，音调的美却完全没有了。所以要保存民歌的绝对的美，似非用方言写出来不可。

这一夜，是在山上说得最舒畅的一夜，直到了大家都微微地哈欠着，方才散了，各进房门去睡。第二夜，月光也不坏。我却忙着写稿子；再一夜，天色却不佳，梦旦先生和擘黄又忙着收拾行囊，预备第二天一早下山。像这样舒畅的夜谈，却终于只有这一夜，这一夜呀！

辑六

岁月欢喜一步步，成就人间朝与暮

他平平静静，没有大喜大忧，没有烦恼，无欲望亦无追求，天然恬淡，每天只是吃抻条面、拨鱼儿，抱膝闲看，带着笑意，用孩子一样天真的眼睛。

好运设计（节选）[1]

·史铁生

要是今生遗憾太多，在背运的当儿，尤其在背运之后情绪渐渐平静了或麻木了，你独自待一会儿，抽支烟，不妨想一想来世。你不妨随心所欲地设想一下（甚至是设计一下）自己的来世。你不妨试试。在背运的时候，至少我觉得这不失为一剂良药——先可以安神，而后又可以振奋，就像输惯了的赌徒把屡屡的败绩置于脑后，输光了裤子也还是对下一局存着饱满的好奇和必赢的冲动。这没有什么不好。这有什么不好吗？无非是说迷信，好吧，你就迷信它一回。无非是说这不科学，行，况且对于走运和背运的事实，科学本来无能为力。无非说

---

[1] 选自《我与地坛》，史铁生著，北京：人民文学出版社，2011年1月。

这是空想，这是自欺，这是做梦，没用。那么希望有用吗？希望是不是必得在被证明了是可以达到的之后才能成立？当然，这些差不多都是废话，背了运的时候哪想得起来这么多废话？背了运的时候只是想走运有多么好，要是能走运有多好。到底会有多好呢？想想吧，想想没什么坏处，干吗不想一想呢？我就常常这样去想，我常常浪费很多时间去做这样的蠢事。

我想，倘有来世，我先要占住几项先天的优越：聪明、漂亮和一副好身体。命运从一开始就不公平，人一生下来就有走运的和不走运的。譬如说一个人很笨，这该怨他自己吗？然而由此所导致的一切后果却完全要由他自己负责——他可能因此在兄弟姐妹之中是最不被父母喜爱的一个，他可能因此常受教师的斥责和同学们的嘲笑，他于是便更加自卑、更加委顿，饱受了轻蔑终也不知这事到底该怨谁。再譬如说，一个人生来就丑，相当丑，再怎么想办法去美容都无济于事，这难道是他的错误是他的罪过？不是，好，不是。那为什么就该他难得姑娘们的喜欢呢？因而婚事就变得格外困难，一旦有个漂亮姑娘爱上他却又赢得多少人的惊诧和不解，终于有了孩子，不要说别人就连他自己都希望孩子千万别长得像他自己。为什么就该他是这样呢？为什么就该他常遭取笑，常遭哭笑不得的外号，或者常遭怜悯，常遭好心人小心翼翼地对待呢？再说身体，有的人生来就肩宽腿长、潇洒英俊（或者婀娜妩媚、娉娉婷婷），生来就有一身好筋骨，跑得也快跳得也高，气力足耐力又好，精力旺盛，而且很少生病，可有的人却与此相反，生来就样样都不如人。对于身体，我的体会尤甚。譬如写文章，有的人写一整天都不觉得累，可我连续写上三四个钟头眼前就要发黑。譬如和朋友们一起去野游，满心欢喜、妙想联翩地到了地方，大家的热情正高、雅趣正浓，可我已经累得只剩了让大家扫兴的份儿了。所以我真希望来世能有一副好身体。今生就不去想它了，只盼下辈子能够谨慎投胎，有健壮优美如卡尔·刘易斯一般的身材和体质，有潇洒漂亮如周恩来一般的相貌和风度，有聪明智慧如阿尔伯特·爱因斯坦一般的大脑和灵感。

　　既然是梦想不妨就让它完美些吧。何必连梦想也那么拘谨那么谦虚呢？我便如醉如痴并且极端自私自利地梦想下去。

　　降生在什么地方也是件相当重要的事。二十年前插队的时候，我在偏远闭塞的陕北乡下，见过不少健康漂亮尤其聪慧超群的少年。当时我就想他们要是生在一个恰当的地方他们必都会大有作为，无论他们做什么他们都必定成就非凡。但在那穷乡僻壤，吃饱肚子尚且是一件颇为荣耀的成绩，哪还有余力去奢想什么文化呢？所以他们没有机会上学，自然也没有书读，看不到报纸电视甚至很少看得到电影，他们完全不知道外面的世界是什么样子，便只可能遵循了祖祖辈辈的老路，日出而作日入而息，春种秋收夏忙冬闲，日复一日年复一年。光阴如常地流逝，然后他们长大了，娶妻生子成家立业，才华逐步耗尽变作纯朴而无梦想的汉子。然后，可以料到，他们也将如他们的父辈一样地老去，唯单调的岁月在他们身上留下注定的痕迹。而人为什么要活这一回呢？却仍未在他们苍老的心里成为问题。然后，他们恐惧着、祈祷着、惊慌着听命于死亡随意安排。再然后呢？再然后倘若那地方没有变化，他们的儿女们必定还是这样地长大、老去、磨钝了梦想，一代代去完成同样的过程。或许这倒是福气？或许他们比我少着梦想所以也比我少着痛苦？他们会不会也设想过自己的来世呢？没有梦想或梦想如此微薄的他们又是如何设想自己的来世呢？我不知道。我不知道。我只希望我的来世不要是他们这样，千万不要是这样。

那么降生在哪儿好呢？是不是生在大城市，生在个贵府名门就肯定好呢？父亲是政绩斐然的总统，要不是个家藏万贯的大亨，再不就是位声名赫赫的学者，或者父母都是不同寻常的人物，你从小就在一个备受宠爱备受恭维的环境中长大，呈现在你面前的是无忧无虑的现实、绚烂辉煌的前景、左右逢源的机遇、一帆风顺的坦途……不过这样是不是就好呢？一般来说这样的境遇也是一种残疾，也是一种牢笼。这样的境遇经常造就着蠢材，不蠢的概率很小，有所作为的比例很低，而且大凡有点儿水平的姑娘都不肯高攀这样的人；固然他们之中也有智能超群的天才，也有过大有作为的人物，也出过明心见性的悟者，但毕竟概率很小比例很低。这就有相当大的风险，下辈子务必慎重从事，不可疏忽大意不可掉以轻心，今生多舛来生再受不住是个蠢材了。

生在穷乡僻壤，有孤陋寡闻之虞，不好；生在贵府名门，又有骄狂愚妄之险，也不好。

生在一个介于此二者之间的位置上怎么样？嗯，可能不错。

既知晓人类文明的丰富璀璨，又懂得生命路途的坎坷艰难，这样的位置怎么样？嗯，不错。

既了解达官显贵奢华而危惧的生活，又体会平民百姓清贫而深情的岁月，这位置如何？嗯！不错，好！

既有博览群书并入学府深造的机缘，又有浪迹天涯独自在社会上闯荡的经历；既能在关键时刻得良师指点如有神助，又时时事事都要靠自己努力奋斗绝非平步青云；既饱尝过人情友爱的美好，又深知了世态炎凉的正常，故而能如罗曼·罗兰所说："看清了这个世界，而后爱它。"——这样的位置可好？

好。确实不错。好虽好，不过这样的位置在哪儿呢？

在下辈子。在来世。只要是好，咱可以设计。咱不慌不忙仔仔细细地设计一下吧。我看没理由不这样设计一下。甭灰心，也甭沮丧，真与假的说道不属于梦想和希望的范畴，还是随心所欲地来一回"好运设计"吧。

你最好生在一个普通知识分子的家庭。

也就是说，你父亲是知识分子但千万不要是那种炙手可热过于风云的知识分子，否则，"贵府名门"式的危险和不幸仍可能落在你头上：你将可能没有一个健全、质朴的童年，你将可能没有一群浪漫无猜的伙伴，你将会错过唯一可能享受到纯粹的友情、感受到圣洁的忧伤的机会，而那才是童年，才是真正的童年。一个人长大了若不能怀恋自己童年的痴拙，若不能默然长思或仍耿耿于怀孩提时光的往事，当是莫大的缺憾，对于我们的"好运设计"，则是个后患无穷的错误。你应该有一大群来自不同家庭的男孩儿和女孩儿做你的朋友，你跟他们一块儿认真地吵架并且翻脸，然后一块儿哭着和好如初。把你的秘密告诉他们，把他们告诉给你的秘密对任何人也不说，你们定一个暗号，这暗号一经发出你们一个个无论正在干什么也得从家里溜出来，密谋一桩令大人们哭笑不得的事件。当你父母不在家的时候，随便找个理由把你的好朋友都叫来——比如说为了你的生日或为了离你的生日还差一个多月，你们痛痛快快随心所欲地折腾一天，折腾饿了就把冰箱里能吃的东西都吃光，然后继续载歌载舞地庆祝，直到不小心把你父亲的一件贵重艺术品摔成分文不值，你们的汗水于是被冻僵了一会儿，但这是个机会，是你为朋友们献身的时刻，你脸色煞白但拍拍胸脯说这怕什么这没啥了不起，随后把朋友们都送走，你独自胆战心惊地策划一篇谎言（要是你家没有猫，你记住：邻居家不一定都没有猫）。你还可以跟你的朋友们一起去冒险，到一个据说最可怕的地方，比如离家很远的一片野地、一幢空屋、一座孤岛、孤岛上废弃的古刹、古刹四周阴森零落的荒冢……都是可供选择的地方，你从自己家的抽屉里而不要从别人家的抽屉里拿点儿钱，以备不时之需；你们瞒过父母，必要的话还得瞒过姐姐或弟弟；你们可以不带那些女孩子去，但如果她们执意要跟着也就别无选择，然后出发，义无反顾。把你的新帽子扯破了新鞋弄丢了一只这没关系，把膝盖碰出了血把白衬衫上洒了一瓶紫药水这没关系，作业忘记做了还在书包里装了两只活蛤蟆、一只死乌鸦这都毫无关系，你母亲不会怪你，因为当晚霞越来越淡继而夜色越来越浓的时候，你父亲也沉不住气了，他正要动身去报案，你们突然都回来了，累得一塌糊涂但毕竟完整无缺地回来了，你母亲庆幸还庆幸不过来呢还会再存什么别的奢望吗？"他们回来啦，他们回来啦！"仿佛全世界都和平解放了，一群群平素威严的父亲都乖乖地跑出来迎接你们，同样多的一群母亲此刻转忧为喜光顾得摩挲你们的脸蛋和亲吻你们的脑门儿："你们这是上哪儿去了呀，哎哟天哪，你们还知道回来吗！"你就大模大样地躺在沙发上呼吃唤喝，"累死了，哎呀真是累死了！"你就这样，没问题，再讲点儿莫须有的惊险故事既吓唬他们也陶醉自己，你就得这样。只要这样，一切帽子、裤子、鞋、作业和书包、活蛤蟆以及死乌鸦，就都微不足道了。（等你长到我这样的年龄时，你再告诉他们那些惊险的故事都是你为了逃避挨揍而获得的灵感，那时你年老的父母肯定不会再补揍你一顿，而仍可能摩挲你的脸甚至吻你的脑门儿了。）但重要的是，这次冒险你无论如何得安全地回来——就像所有的戏剧还没打算结束时所需要的那样，否则接下去的好运就无法展开了。不错，你童年应该是这样的，就应该按照这样的思路去设计，一个幸运者的童年就得是这样。我的纸写不下了，待实施的时候应该比这更丰富多彩。比如你还可颇具分寸地惹一点儿小祸，一个幸运的孩子理应惹过一点儿小祸，而且理应遇到过一些困难，遇到过一两个骗子、一两个坏人、一两个蠢货和一两个不会发愁而很会说话的人。一个幸运的孩子应该有点儿野性。当然你的父亲是个地地道道的知识分子，因为一个幸运的人必须从小受到文化的熏陶，野到什么份上都不必忧虑但要有机会使你崇尚知识，之所以把你父亲设计为知识分子，全部的理由就在于此。

你的母亲也要有知识，但不要像你父亲那样关心书胜过关心你。也不要像某些愚蠢的知识妇女，料想自己功名难就，便把一腔希望全赌在了儿女身上，生了个女孩就盼她将来是个居里夫人，养了个男娃就以为是养了个小贝多芬。这样的母亲千万别落到咱头上，你不听她的话你觉得对不起她，你听了她的话你会发现她对不起你。她把你像幅名画似的挂在墙上后退三步眯起眼睛来观赏你，把你像颗话梅似的含在嘴里颠来倒去地品味你。你呢？站在那儿吱吱嘎嘎地折磨一把挺好的小提琴，长大了一想起小提琴就发抖，要不就是没日没夜地背单词背化学方程式，长大了不是傻瓜就是暴徒。你的母亲当然不是这样。有知识不是有文凭，你的母亲可以没有文凭。有知识不是被知识霸占，你的母亲不是知识的奴隶。有知识不能只是有对物的知识，而是得有对人的了悟。一个幸运者的母亲必然是一个幸运的母亲，一个明智的母亲，一个天才的母亲，她自打当了母亲她就得了灵感，她教育你的方法不是来自于教育学，而是来自她对一切生灵乃至天地万物由衷的爱，由衷的颤栗与祈祷，由衷的镇定和激情。在你幼小的时候她只是带着你走，走在家里，走在街上，走到市场，走到郊外，她难得给你什么命令，从不有目的地给你一个方向。走啊走啊你就会爱她，走啊走啊你就会爱她所爱的这个世界。等你长大了，她就放你到你想要去的地方。她深信你会爱这个世界，至于其他她不管，至于其他那是你的自由你自己负责。她只有一个愿望，就是你能常常回来，你能有时候回来一下。

闹市闲民 [①]

· 汪曾祺

我每天在西四倒101路公共汽车回甘家口。直对101站牌有一户人家。一间屋，一个老人。天天见面，很熟了。有时车老不来，老人就搬出一个马扎儿来："车还得会子，坐会儿。"

屋里陈设非常简单（除了大冬天，他的门总是开着），一张小方桌，一个方杌凳，三个马扎儿，一张床，一目了然。

老人七十八岁了，看起来不像，顶多七十岁。气色很好。他经常戴一副老式的圆镜片的浅茶晶的养目镜——这副眼镜大

---

① 选自《汪曾祺全集5·散文卷》，汪曾祺著，徐强主编，北京：人民文学出版社，2021年1月。

概是他身上唯一值钱的东西。眼睛很大，一点没有混浊，眼角有深深的鱼尾纹。跟人说话时总带着一点笑意，眼神如一个天真的孩子。上唇留了一撮疏疏的胡子，花白了。他的人中很长，唇髭不短，但是遮不住他的微厚而柔软的上唇。——相书上说人中长者多长寿，信然。他的头发也花白了，向后梳得很整齐。他长年穿一套很宽大的蓝制服，天凉时套一件黑色粗毛线的很长的背心。圆口布鞋、草绿色线袜。

从攀谈中我大概知道了他的身世。他原来在一个中学当工友，早就退休了。他有家。有老伴。儿子在石景山钢铁厂当车间主任。孙子已经上初中了。老伴跟儿子。他不愿跟他们一起过，说是："乱！"他愿意一个人。他的女儿出嫁了。外孙也大了。儿子有时进城办事，来看看他，给他带两包点心，说会子话。儿媳妇、女儿隔几个月来给他拆洗拆洗被窝。平常，他和亲属很少来往。

他的生活非常简单。早起扫扫地，扫他那间小屋，扫门前的人行道。一天三顿饭。早点是干馒头就咸菜喝白开水。中午晚上吃面。一年三百六十五天，天天如此。他不上粮店买切面，自己做。抻条，或是拨鱼儿。他的拨鱼儿真是一绝。小锅里坐上水，用一根削细了的筷子把稀面顺着碗口"赶"进锅里。他拨的鱼儿不断，一碗拨鱼儿是一根，而且粗细如一。我为看他拨鱼儿，宁可误一趟车。我跟他说："你这拨鱼儿真是个手艺！"他说："没什么，早一点把面和上，多搅搅。"我学着他的法子回家拨鱼儿，结果成了一锅面糊糊疙瘩汤。他吃的面总是一个味儿！浇炸酱。黄酱，很少一点肉末。黄瓜丝、小萝卜，一概不要。白菜下来时，切几丝白菜，这就是"菜码儿"。他饭量不小，一顿半斤面。吃完面，喝一碗面汤（他不大喝水），涮涮碗，坐在门前的马扎儿上，抱着膝盖看街。

我有时带点新鲜菜蔬，青蛤、海蛎子、鳝鱼、冬笋、木耳菜，他总要过来看看："这是什么？"我告诉他是什么，他摇摇头："没吃过。南方人会吃。"他是不会想到吃这样的东西的。

他不种花，不养鸟，也很少遛弯儿。他的活动范围很小，除了上粮店买面，上副食店买酱，很少出门。

他一生经历了很多大事。远的不说。敌伪时期，吃混合面。傅作义。解放军进城，扭秧歌，呛呛七呛七。开国大典，放礼花。没完没了的各种运动。三年自然灾害，大家挨饿。"文化大革命"。"四人帮"。"四人帮"垮台。华国锋。华国锋下台……

然而这些都与他无关，没有在他身上留下多少痕迹。他每天还是吃炸酱面——只要粮店还有白面卖，而且北京的粮价长期稳定——坐在门口马扎儿上看街。

他平平静静，没有大喜大忧，没有烦恼，无欲望亦无追求，天然恬淡，每天只是吃抻条面、拨鱼儿，抱膝闲看，带着笑意，用孩子一样天真的眼睛。

这是一个活庄子。

大账簿 ①

· 丰子恺

　　我幼年时候，有一次坐了船到乡间去扫墓。正靠在船窗口出神地观看船脚边的层出不穷的波浪，手中所持的不倒翁失足翻落河中。我眼看它跃入波浪中，向船尾方面滚腾而去，一刹那间形影俱杳，全部交付与不可知的渺茫的世界了。我看看自己的空手，又看看窗下的层出不穷的波浪，不倒翁失足的伤心地，再向船后面的茫茫的白水怅望了一回，心中黯然地起了疑惑与悲哀。我疑惑不倒翁此去的下落与结果究竟如何，又悲哀这永远不可知的命运。它也许随了波浪流去，搁住在岸滩上，落入于某村童的手中；也许被渔网打去，从此做了渔船上的不

---

① 选自《丰子恺散文》，丰子恺著，北京：人民文学出版社，2013年
　　11月。

倒翁；又或永远沉沦在幽暗的河底，岁久化为泥土，世间从此不再见这个不倒翁。我晓得这不倒翁现在一定有个下落，将来也一定有个结果，然而谁能去调查呢？谁能知道这不可知的命运呢？这种疑惑与悲哀隐约地在我心头推移。终于我想：父亲或者知道这究竟，能解除我这种疑惑与悲哀。不然，将来我年纪长大起来，总有一天能知道这究竟，能解除这疑惑与悲哀。

后来我的年纪果然长大起来。然而这种疑惑与悲哀，非但依旧不能解除，反而随了年纪的长大而增多增深了。我偕了小学校里的同学赴郊外散步，偶然折取一根树枝，当stick①用了一回，后来抛弃在田间的时候，总要对它回顾好几次，心中自问自答："我不知几时得再见它？它此后的结果不知究竟如何？我永远不得再见它了！它的后事永远不可知了！"倘是独自散步，遇到这种事的时候我更要依依不舍地流连一会儿。有时已经走了几步，又回转身去，把所抛弃的东西重新拾起来，郑重地道个诀别，然后硬着头皮抛弃它，再向前走。过后我也曾自笑这痴态。而且明明晓得这些是人生中惜不胜惜的琐事，然而那种悲哀与疑惑确实地充塞在我的心头，使我不得不然！

---

① 意为拐杖。

　　在热闹的地方，忙碌的时候，我这种疑惑与悲哀也会被压抑在心的底层，而安然地支配取舍各种的事物，不复作如前的痴态。间或在动作中偶然浮起一点疑惑与悲哀来，然而大众的感化与现实的压迫的力非常伟大，立刻把它压制下去，它只在我的心头一闪而已。一到静僻的地方，孤独的时候，最是夜间，它们又全部浮出在我的心头了。灯下，我推开算术演草簿，提起笔来在纸上信手涂写日间所谙诵的诗句："春蚕到死丝方尽，蜡炬成灰……"没有写完，就拿向灯火上，烧着了纸的一角。我眼看见火势孜孜地蔓延过来，心中又忙着和个个字道别。完全变成了灰烬之后，我眼前忽然分明现出那张字纸的完全的原形；俯视地上的灰烬，又感到了暗淡的悲哀：假定现在我要再见一见一分钟以前分明存在的那张字纸的实物，无论托绅董、县官、省长、大总统，仗世界一切皇帝的势力，或尧舜、孔子、苏格拉底、基督等一切古代圣哲复生，大家协力给我设法，也是绝对不可能的事了！——但这种奢望我决计没有。我只是看看那堆灰烬，想在没有区别的微尘中认识各个字的死骸，找出哪一点是春字的灰，哪一点是蚕字的灰。……又想象它明天朝晨被此地的仆人扫除出去，不知结果如何：倘然散入风中，不知它将分飞何处？春字的灰飞入谁家，蚕字的灰飞入谁家？……倘然混入泥土中，不知它将滋养哪几株植物？……都是渺茫不可知的千古的大疑问了。

吃饭的时候，一颗饭粒从碗中翻落在我的衣襟上。我顾视这颗饭粒，不想则已，一想又惹起一大篇的疑惑与悲哀：不知哪一天哪一个农夫在哪一处田里种下一批稻，就中有一株稻穗上结着，煮成这颗饭粒的谷。这粒谷又不知经过了谁的刈，谁的磨，谁的春，谁的粜，而到了我们的家里，现在煮成饭粒，而落在我的衣襟上。这种疑问都可以有确实的答案，然而除了这颗饭粒自己晓得以外，世间没有一个人能调查、回答。

袋里摸出来一把铜板，分明个个有复杂而悠长的历史。钞票与银洋经过人手，有时还被打一个印；但铜板的经历完全没有痕迹可寻了。它们之中，有的曾为街头的乞丐的哀愿的目的物；有的曾为劳动者的血汗的代价；有的曾经换得一碗粥，救济一个饿夫的饥肠；有的曾经变成一粒糖，塞住一个小孩的啼哭；有的曾经参与在盗贼的赃物中；有的曾经安眠在富翁的大腹边；有的曾经安闲地隐居在茅厕的底里；有的曾经忙碌地兼备上述的一切的经历。且就中又有的恐怕不是初次到我的袋中，也未可知。倘然这些铜板会说话，我一定要尊它们为上客，恭听它们历述其漫游的故事。倘然它们会记录，一定每个铜板可著一册比《鲁滨孙漂流记》更离奇的奇书。但它们都像死也不肯招供的犯人，其心中分明秘藏着案件的是非曲直的实情，然而死也不肯泄露它们的秘密。

　　现在我已行年三十，做了半世以上的人。那种疑惑与悲哀在我胸中，分量日渐增多，但刺激日渐淡薄，远不及少年时代以前的新鲜而浓烈了。这是我用功的结果：因为我参考大众的态度，看他们似乎全然不想起这类的事，饭吃在肚里，钱进入袋中，就天下太平，梦也不做一个。这在生活上的确大有实益，我就拼命以大众为师，学习他们的幸福。学到现在三十岁，还没有毕业。所学得的，只是那种疑惑与悲哀的刺激淡薄了一点，然其分量仍是跟了我的经历而日渐增多。我每逢辞去一个旅馆，无论其房间何等坏，臭虫何等多，临去的时候总要低回一下子，想起"我有否再住这房间的一日"；又慨叹"这是永远的诀别了！"每逢下火车，无论这旅行何等劳苦，邻座的人何等可厌，临走的时候总要发生一种特殊的感想："我有否再和这人同座的一日？恐怕是对他永诀了！"但这等感想的出现非常短促而又模糊，像飞鸟的黑影在池上掠过一般，真不过数秒间在我心头一闪，过后就全无其事。我究竟已有了学习的工夫了。然而这也全靠在老师——大众——面前，方始可能。一旦不见了老师，而离群索居的时候，我的故态依然复萌。现在正是其时：春风从窗中送进一片白桃花的花瓣来，落在我的原稿纸上。这分明是从我家的院子里的白桃花树上吹下来的，然而有谁知道它本来生在哪一枝头的哪一朵花上呢？窗前地上白雪一般的无数的花瓣，分明各有其故枝与故萼，谁能

——调查其出处，使他们重归其故萼呢？疑惑与悲哀又来袭击我的心了。

总之，我从幼时直到现在，那种疑惑与悲哀不绝地袭击我的心，始终不能解除。我的年纪越大，知识越富，它的袭击的力也越大。大众的榜样的压迫愈严，它的反动也愈强。倘一一记述我三十年来所经验的此种疑惑与悲哀的事例，其卷帙一定可同《四库全书》《大藏经》争多。然而也只限于我一个人在三十年的短时间中的经验，较之宇宙之大，世界之广，物类之繁，事变之多，我所经验的真不啻恒河中的一粒细沙。

我仿佛看见一册极大的大账簿。簿中详细记载着宇宙间世界上一切物类事变的过去现在未来三世的因因果果。自原子之细以至天体之巨，自微生虫的行动以至混沌的大劫，无不详细记载其来由，经过，与结果，没有万一的遗漏。于是我从来的疑惑与悲哀，都可解除了。不倒翁的下落，stick的结果，灰烬的去处，一一都有记录；饭粒与铜板的来历，一一都可查究；旅馆与火车对我的因缘，早已注定在项下；片片白桃花瓣的故萼，都确凿可考。连我所屡次叹为永不可知的，院子里的沙堆的沙粒的数目，也确实地记载着。下面又注明哪几粒沙是我昨天曾经用手掬起来看过的。倘要从沙堆中选出我昨天曾经掬起来看过的沙，也不难按这账簿而探索。——凡我在三十年中所见，所闻，所为的一切事物，都有极详细的记载与考证；其所占的地位只有page①的一角，全书的无穷大分之一。

我确信宇宙间一定有这册大账簿。于是我的疑惑与悲哀全部解除了。

---

① 意为页、页面。

历史是一条河 ①

· 沈从文

十八日下午二时卅分

我小船已把主要滩水全上完了，这时已到了一个如同一面镜子的潭里，山水秀丽如西湖，日头已出，两岸小山皆浅绿色。到辰州只差十里，故今天到地必很早。我照了个相，为一群拉纤人照的。现在太阳正照到我的小船舱中，光景明媚，正同你有些相似处，我因为在外边站久了一点，手已发了木，故写字也不成了。我一定得戴那双手套的，可是这同写信恰好是鱼同熊掌，不能同时得到。我不要熊掌，还是做近于吃鱼的写

---

① 选自《从文家书：精装纪念版》，沈从文著，南京：江苏人民出版社，2022年12月。

243

信吧。这信再过三四点钟就可发出，我高兴得很。记得从前为你寄快信时，那时心情真有说不出的紧处、可怜的事，这已成为过去了。现在我不怕你从我这种信中挑眼儿了，我需要你从这些无头无绪的信上，找出些我不必说的话……

我已快到地了，假若这时节是我们两个人，一同上岸去，一同进街且一同去找人，那多有趣味！我一到地见到了有点亲戚关系的人，他们第一句话，必问及你！我真想凡是有人问到你，就答复他们"在口袋里！"

三三，我因为天气太好了一点，故站在船后舱看了许久水，我心中忽然好像彻悟了一些，同时又好像从这条河中得到了许多智慧。三三，的的确确，得到了许多智慧，不是知识。我轻轻地叹息了好些次。山头夕阳极感动我，水底各色圆石也极感动我，我心中似乎毫无什么渣滓，透明烛照，对河水，对夕阳，对拉船人同船，皆那么爱着，十分温暖地爱着！我们平时不是读历史吗？一本历史书除了告我们些另一时代最笨的人相斫相杀以外有些什么？但真的历史却是一条河。从那日夜长流千古不变的水里，石头和砂子，腐了的草木，破烂的船板，使我触着平时我们所疏忽了若干年代若干人类的哀乐！我看到小小渔船，载了它的黑色鸬鹚向下流缓缓划去，看到石滩上拉船人的姿势，我皆异常感动且异常爱他们。我先前一时不还提到过这些人可怜的生、无所为的生吗？不，三三，我错了。这些人不需我们来可怜，我们应当来尊敬来爱。他们那么庄严忠实的生，却在自然上各担负自己那份命运，为自己、为儿女而活下去。不管怎么样活，却从不逃避为了活而应有的一切努力。他们在他们那份习惯生活里、命运里，也依然是哭、笑、吃、喝，对于寒暑的来临，更感觉到这四时交递的严重。三三，我不知为什么，我感动得很！我希望活得长一点，同时把生活完全发展到我自己这份工作上来。我会用我自己的力量，为所谓人生，解释得比任何人皆庄严些与透入些！三三，我看久了水，从水里的石头得到一点平时好像不能得到的东西，对于人生，对于爱憎，仿佛全然与人不同了。我觉得惆怅得很，我总像看得太深太远，对于我自己，便成为受难者了。这时节我软弱得很，因为我爱了世界，爱了人类。三三，倘若我们这时正是两人同在一处，你瞧我眼睛湿到什么样子！

三三，船已到关上了，我半点钟就会上岸的。今晚上我恐怕无时间写信了，我们当说声再见！三三，请把这信用你那体面温和眼睛多吻几次！我明天若上行，会把信留到浦市发出的。

二哥

一月十八下午四点半

这里全是船了！

谈时间①

· 梁实秋

希腊哲学家Diogenes②经常睡在一只瓦缸里，有一天亚历山大皇帝走去看他，以皇帝的惯用口吻问他："你对我有什么请求吗？"这位玩世不恭的哲人翻了翻白眼，答道："我请求你走开一点，不要遮住我的阳光。"

这个家喻户晓的小故事，究竟涵义何在，恐怕见仁见智，各有不同的看法。我们通常总是觉得那位哲人视尊荣犹敝屣，富贵如浮云，虽然皇帝驾到，殊无异于等闲之辈，不但对他

---

① 选自《梁实秋散文》，梁实秋著，北京：人民文学出版社，2013年11月。

② 第欧根尼（约前412—前323），古希腊哲学家，犬儒学派代表人物。

无所希冀，而且亦不必特别地假以颜色。可是约翰逊博士有另一种看法，他认为应该注意的是那阳光，阳光不是皇帝所能赐予的，所以请求他不要把他所不能赐予的夺了去。这个请求不能算奢，却是用意深刻。因此约翰逊博士由"光阴"悟到"时间"，时间也者虽然也是极为宝贵，而也是常常被人劫夺的。

"人生不满百"大致是不错的。当然，老而不死的人，不是没有，不过期颐以上不是一般人所敢想望的，数十寒暑当中，睡眠去了很大一部分。苏东坡所谓"睡眠去其半"，稍嫌有点夸张，大约三分之一总是有的。童蒙一段时期，说它是天真未凿也好，说它是昏昧无知也好，反正是浑浑噩噩，不知不觉；及至寿登耄耋，老悖聋瞑，甚至"佳丽当前，未能缱绻"，比死人多一口气，也没有多少生趣可言。掐头去尾，人生所余无几。就是这短暂的一生，时间亦不见得能由我们自己支配。约翰逊博士所抱怨的那些不速之客，动辄登门拜访，不管你正在怎样忙碌，他觉得宾至如归，这种情形固然令人啼笑皆非，我觉得究竟不能算是怎样严重的"时间之贼"。他只是在我们的有限的资本上抽取一点捐税而已。我们的时间之大宗的消耗，怕还是要由我们自己负责。

有人说："时间即生命。"也有人说："时间即金钱。"二说均是，因为有人根本认为金银即生命。不过细想一下，有命斯有财，命之不存，财于何有？有钱不要命者，固然实繁有徒，但是舍财不舍命，仍然是较聪明的办法。所以《淮南子》说："圣人不贵尺之璧而重寸之阴，时难得而易失也。"我们幼时，谁没作过"惜阴说"之类的课艺？可是谁又能趁早体会到时间之"难得而易失"？我小的时候，家里请了一位教师，书房上有一座钟，我和我的姊姊常乘教师不注意的时候把时钟往前拨快半个钟头，以便提早放学，后来被老师觉察了，他用朱笔在窗户纸上的太阳阴影划一痕记，作为放学的时刻，这才息了逃学的念头。

时光不断地在流转，任谁也不能攀住它停留片刻。"逝者如斯夫，不舍昼夜！"我们每天撕一张日历，日历越来越薄，快要撕完的时候便不免蹙然以惊，惊的是又临岁晚，假使我们把几十册日历装为合订本，那便象征我们的全部的生命，我们一页一页地往下扯，该是什么样的滋味呢！"冬天一到，春天还会远吗？"可是你一共能看见几次冬尽春来呢？

不可挽住的就让它去吧！问题在，我们所能掌握的尚未逝去的时间，如何去打发它，梁任公先生最恶闻"消遣"二字，只有活得不耐烦的人才忍心去"杀时间"。他认为一个人要做的事太多，时间根本不够用，哪里还有时间可供消遣？不过打发时间的方法，亦人各不同，士各有志。乾隆皇帝下江南，看见运河上舟楫往来，熙熙攘攘，顾问左右："他们都在忙些什么？"和珅侍卫在侧，脱口而出："无非'名利'二字。"

这答案相当正确，我们不可以人废言。不过三代以下唯恐其不好名，大概"名利"二字当中还是利的成分大些。"人为财死，鸟为食亡。"时间即金钱之说仍属不诬。诗人渥资华斯^①有句：

> 尘世耗用我们的时间太多了，夙兴夜寐，
>
> 赚钱挥霍，把我们的精力都浪费掉了。

所以有人宁可遁迹山林，享受那清风明月，"侣鱼虾而友麋鹿"，过那高蹈隐逸的生活。诗人济慈宁愿长时间地守着一株花，看那花苞徐徐展瓣，以为那是人间至乐。嵇康在大树底下扬槌打铁，"浊酒一杯，弹琴一曲"；刘伶"止则操卮执瓢，动则挈榼提壶"，一生中无思无虑、其乐陶陶。这又是一种颇不寻常的方式。最彻底的超然的例子是《传灯录》所记载的"南泉和尚问陆亘曰：'大夫十二时中作么生？'陆云：'寸丝不挂！'"寸丝不挂即是了无挂碍之谓，"本来无一物，何处染尘埃？"这境界高超极了，可以说是"以天地为一朝，万期为须臾"，根本不发生什么时间问题。

---

① 今通译为华兹华斯（1770—1850），英国浪漫主义诗人，荣膺桂冠诗人，代表作有《序曲》《远游》等。

人，诚如波斯诗人莪谟伽耶玛①所说，来不知从何处来，去不知向何处去。来时并非本愿，去时亦未征得同意，糊里糊涂地在世间逗留一段时间。在此期间内，我们是以心为形役呢？还是立德立功立言以求不朽呢？还是参究生死直超三界呢？这大主意需要自己拿。

---

① 今通译为莪默·伽亚谟（1048—1131），中世纪波斯诗人、数学家、天文学家、医学家和哲学家，代表作有《鲁拜集》《代数学》。

忙 ①

· 老舍

近来忙得出奇。恍惚之间，仿佛看见一狗，一马，或一驴，其身段神情颇似我自己。人兽不分，忙之罪也！

每想随遇而安，贫而无谄，忙而不怨。无谄已经做到；无论如何不能欢迎忙。

这并非想偷懒。真理是这样：凡真正工作，虽流汗如浆，亦不觉苦。反之，凡自己不喜做，而不能不做，做了又没什么好处者，都使人觉得忙，且忙得头疼。想当初，苏格拉底终日奔忙，而忙得从容，结果成了圣人；圣人为真理而忙，故不手慌脚乱。即以我自己说，前年写《离婚》的时候，本想由六月初动笔，八月十五交卷。及至拿起笔来，天气热得老在九十

---

① 选自《老舍散文》，老舍著，北京：人民文学出版社，2014年1月。

度以上，心中暗说不好。可是写成两段以后，虽腕下垫吃墨纸以吸汗珠，已不觉得怎样难受了，七月十五日居然把十二万字写完！因为我爱这种工作哟！我非圣人，也知道真忙与瞎忙之别矣。

所谓真忙，如写情书，如种自己的地，如发现九尾彗星，如在灵感下写诗作画，虽废寝忘食，亦无所苦。这是真正的工作，只有这种工作才能产生伟大的东西与文化。人在这样忙的时候，把自己已忘掉，眼看的是工作，心想的是工作，做梦梦的是工作，便无暇计及利害金钱等等了；心被工作充满，同时也被工作洗净，于是手脚越忙，心中越安恬，不久即成圣人矣。情书往往成为真正的文学，正在情理之中。

所谓瞎忙，表面上看来是热闹非常，其实呢，它使人麻木，使文化退落，因为忙得没意义，大家并不愿做那些事，而不敢不做；不做就没饭吃。在这种忙乱情形中，人们像机器般地工作，做完了一饱一睡，或且未必一饱一睡，而半饱半睡。这里，只有奴隶，没有自由人；奴隶不会产生好的文化。这种忙乱把人的心杀死，而身体也不见得能健美，它使人恨工作，使人设尽方法去偷油儿。我现在就是这样，一天到晚在那儿做事，全是我不爱做的，我不能不去做，因为眼前有个饭碗，多咱[方言，意为什么时候、何时。]我手脚不动，那个饭碗便啪的一声碎在地上！我得努力呀，原来是为那个饭碗的完整，多么高伟的目标呀！试观今日之世界，还不是个饭碗文明！

因此，我羡慕苏格拉底，而恨他的时代。苏格拉底之所以能忙成个圣人，正因为他的社会里有许多奴隶。奴隶们为苏格拉底做工，而苏格拉底们乃得忙其所乐意忙者。这不公道！在一个理想的文化中，必能人人工作，而且乐意工作，即便不能完全自由，至少他也不完全被责任压得翻不过身来，他能把眼睛从饭碗移开一会儿，而不至立刻啪的一声打个粉碎。在这样的社会里，大家才会真忙，而忙得有趣，有成绩。在这里，懒是一种惩罚，三天不做事会叫人疯了；想想看，灵感来了，诗已在肚中翻滚，而三天不准他写出来，或连哼哼都不许！懒，在现在的社会里，是必然的结果，而且不比忙坏；忙出来的是什么？那么，懒又有什么不可以呢？

世界上必有那么一天，人类把忙从工作中赶出去，大家都晓得，都觉得，工作的快乐，而越忙越高兴；懒还不仅是一种羞耻，而是根本就受不了的。自然，我是看不到那样的社会了；我只能在忙得——瞎忙——要哭的时候这么希望一下吧。

说话①

· 朱自清

谁能不说话，除了哑子②？有人这个时候说，那个时候不说。有人这个地方说，那个地方不说。有人跟这些人说，不跟那些人说。有人多说，有人少说。有人爱说，有人不爱说。哑子虽然不说，却也有那伊伊呀呀的声音，指指点点的手势。

说话并不是一件容易事。天天说话，不见得就会说话；许多人说了一辈子话，没有说好过几句话。所谓"辩士的舌锋""三寸不烂之舌"等赞词，正是物稀为贵的证据；文人们讲究"吐属"，也是同样的道理。我们并不想做辩士、说

———————

① 选自《朱自清散文》，朱自清著，北京：人民文学出版社，2014年
　1月。
② 方言，指哑巴。

客、文人，但是人生不外言动，除了动就只有言，所谓人情世故，一半儿是在说话里。古文《尚书》里说："唯口，出好兴戎。"一句话的影响有时是你料不到的，历史和小说上有的是例子。

说话即使不比作文难，也绝不比作文容易。有些人会说话不会作文，但也有些人会作文不会说话。说话像行云流水，不能够一个字一个字推敲，因而不免有疏漏散漫的地方，不如作文的谨严。但那些行云流水般的自然，却绝非一般文章所及。——文章有能到这样境界的，简直当以说话论，不再是文章了。但是这是怎样一个不易到的境界！我们的文章，哲学里虽有"用笔如舌"一个标准，古今有几个人真能"用笔如舌"呢？不过文章不甚自然，还可成为功力一派，说话是不行的；说话若也有功力派，你想，那怕真够瞧的！

说话到底有多少种，我说不上。约略分别：向大家演说、讲解，乃至说书等是一种，会议是一种，公私谈判是一种，法庭受审是一种，向新闻记者谈话是一种——这些可称为正式的。朋友们的闲谈也是一种，可称为非正式的。正式的并不一定全要拉长了面孔，但是拉长了的时候多。这种话都是成片断的，有时竟是先期预备好的。只有闲谈，可以上下古今，来一个杂拌儿；说是杂拌儿，自然零零碎碎，成片段的是例外。闲谈说不上预备，满是将话搭话，随机应变。说预备好了再去

"闲"谈，那岂不是个大笑话？这种种说话，大约都有一些公式，就是闲谈也有——"天气"常是闲谈的发端，就是一例。但是公式是死的，不够用的，神而明之还在乎人。会说的教你眉飞色舞，不会说的教你昏头搭脑，即使是同一个意思，甚至同一句话。

中国人很早就讲究说话。《左传》《国策》《世说》是我们的三部说话的经典。一是外交辞令，一是纵横家言，一是清谈。你看他们的话多么婉转如意，句句字字打进人心坎里。还有一部《红楼梦》，里面的对话也极轻松、漂亮。此外汉代贾君房号为"语妙天下"，可惜留给我们的只有这一句赞词；明代柳敬亭的说书极有大名，可惜我们也无从领略。近年来的新文学，将白话文欧化，从外国文中借用了许多活泼的、精细的表现，同时暗示我们将旧来有些表现重新咬嚼一番。这却给我们的语言一种新风味、新力量。加以这些年说话的艰难，使一般报纸都变乖巧了，他们知道用侧面的、反面的、夹缝里的表现了。这对于读者是一种不容避免的好训练；他们渐渐敏感起来了，只有敏感的人，才能体会那微妙的咬嚼的味儿。这时期说话的艺术确有了相当的进步。论说话艺术的文字，从前著名的似乎只有韩非的《说难》，那是一篇剖析入微的文字。现在我们却已有了不少的精警之作，鲁迅先生的《立论》就是的。这可以证明我所说的相当的进步了。

中国人对于说话的态度，最高的是忘言，但如禅宗"教"人"将嘴挂在墙上"，也还是免不了说话。其次是慎言、寡言、讷于言。这三样又有分别：慎言是小心说话，小心说话自然就少说话，少说话少出错儿。寡言是说话少，是一种深沉或贞静的性格或品德。讷于言是说不出话，是一种浑厚诚实的性格或品德。这两种多半是生成的。第三是修辞或辞令。至诚的君子，人格的力量照彻一切的阴暗，用不着多说话，说话也无须乎修饰。只知讲究修饰，嘴边天花乱坠，腹中矛戟森然，那是所谓小人；他太会修饰了，倒教人不信了。他的戏法总有让人揭穿的一日。我们是介在两者之间的平凡的人，没有那伟大的魄力，可也不至于忘掉自己。只是不能无视世故人情，我们看时候，看地方，看人，在礼貌与趣味两个条件之下，修饰我们的说话。这儿没有力，只有机智；真正的力不是修饰所可得的。我们所能希望的只是：说得少，说得好。